獅子座、A型、丙午

鈴木保奈美的首本散文集

鈴木保奈美
Suzuki Honami

I

II

III

能夠讓最喜歡的台灣讀者們讀到我的書，
真的很開心。
啊，好想去台灣吃豆花。

鈴木保奈美

I

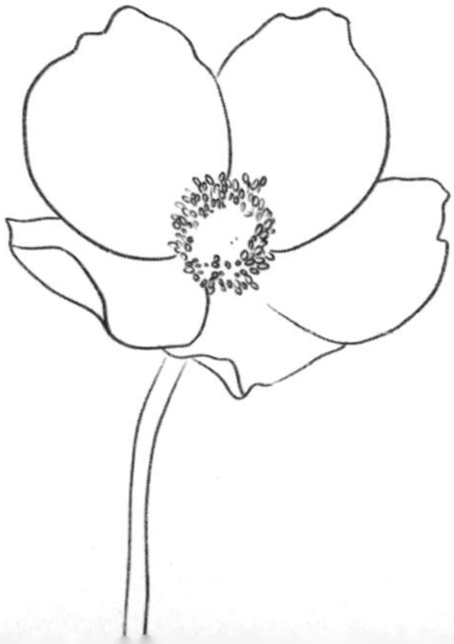

奇蹟式反差萌

那天，我穿著聖羅蘭的黑色小領結晚宴服。是造型師去幫我借來的樣品，褲長多了二十五公分，硬是往內折後，再穿上高十二公分的高跟鞋，配合服裝把一頭頭髮刻意弄得凌亂，扎到了眼睛。就這麼出現了一位又酷又看起來有點冷豔氣質的絕色女子。

電影的上映見面會。聚集的諸位演員、導演與相關人士各各臉龐光鮮亮麗，其中有一位三十歲左右的帥氣男星，由於電影中我跟他沒有一起出現的鏡頭，所以那天是我們兩人第一次碰面。哎唷！好緊張。不過這種事絕不能讓人發現，我可是個冷豔成熟的女子耶。沒想到他竟然自己勇敢的來找我搭話，肯定是個個性爽朗的人吧。

「您很適合這種很中性帥氣的風格耶，您喜歡聽音樂嗎？搖滾樂之類的？」唔，音樂我聽啊，搖滾樂嗎？說Ｕ２會不會太老了？這個人看來是從我的打扮誤以為我是個很狂野、孤高中性的演員了，像佩蒂・史密斯（Patti Smith）或是瑪莉安・菲絲佛（Marianne Faithfull）那類的。嗄，沒聽過瑪莉安・菲絲佛？唉唷喂啊，糟糕了，該說些什麼才顯得我比較親近啊？結果就這麼猶豫間有人來喊「要出場囉，各位～」，真是好險，解脫了。

自己在初次見面的人眼裡到底是什麼樣的感覺，我到現在還是無法預測，有時候會連我自己也很驚訝。沒想到妳這麼隨和呢。沒想到妳不是很柔弱那種類型耶。沒想到妳這麼嬌小耶。其實這些個樣貌都是我，但也感覺好像不全然是我。

只有我會這樣感覺嗎？但那個很爽朗的男星，一定也有除了颯爽的其他面吧？

到了休息時間，在後台休息室內喝溫開水喘口氣時，不曉得是不是一個人看起來很落寞，他又笑嘻嘻地來找我聊天了。

「哇～妳的保溫瓶看起來好可愛啊！真是反差摸耶！」

嗯？反差摸？什麼摸？噢喔喔，他說的會不會是反差「萌」啊？真是不曉得他在講什麼。這時忽然一看自己的手邊，真是整張臉都要紅起來了。我今天裝溫水帶來的這個保溫瓶居然是三年前生日時我女兒送我的上面有粉紅愛心圖案的啦！唉唷，穿著黑色西裝交叉雙腿，袖子拉起來單手撐著感覺好像還夾了根菸的那隻手上，居然拿個粉紅愛心的保溫瓶！這個年輕人到底多麼善良啊，看到眼前這樣子他不但沒失笑，還稱讚我是反差萌，噢喔喔，這一定是那種雜誌戀愛特集裡介紹的那種「最喜歡女強人意外露出的迷糊一面」的那種男孩子了。唉唷，不是這樣啊，真的不是，我平常帶的是一個工作用的簡潔銀色保溫瓶，只是今天出門時剛好找不到，臨時就抓了這個家裡用的，連自己也忘了，就拿起來喝水了。真是連想刻意展現也做不到的意外奇蹟式反差萌耶。

啊……，可是我現在是不是應該講點什麼逗趣的話回應他才對啊？「你要不要再找找看我還有什麼反差萌啊？」噫，要是這樣講應該太噁心了噢？但一個人繼續這樣傻笑也很蠢，我可是個成熟女性啊！於是就這麼把工作擺一旁，心情七上八下的。唉呀！年輕人，感謝你的一句話，讓姐姐的賀爾蒙確實被激發了。真不曉得下一回的奇蹟，不知道什麼時候才會發生噢？

買花的日子

每次一在花店門口看到了秋牡丹鮮豔的黃，便忍不住被吸了魂般走了進去。家中一向充滿綠意……要是能這麼說就好了。怎麼可能啊～～。

有時出門上工收到了花，一回家就分插在幾個玻璃瓶裡，試著妝點在玄關、客廳，還有床邊也要擺一下，把家裡頭四處點綴一下。啊——，有花的生活真是好啊，今後試著這樣維持下去吧。想是這麼想，但就是做不到啊。為什麼做不到，因為我是黑手指啊～。二十幾歲從家裡面搬出去住後，我就養死了巴拉馬栗、仙人掌，連想要隨時都能摘來調味而種的紫蘇跟羅勒也養到枯死了，甚至連照理說只要擺著根本也不用澆水的空氣鳳梨也變得跟木乃伊一樣。絕不能再這樣殘害生命了，我心想這樣想，帶著後悔與反省的心情決意封印這種對綠意盎然生活的憧憬。

但是，秋牡丹是特別的，畢竟它是出現在村上龍小說《置物櫃裡的嬰孩》中的那位美少女的名字啊。

高中時讀到那本書的時候真是嚇了一跳。在那之前，我一直喜歡《納尼亞傳奇》、《地海戰記》跟福爾摩斯，翻開那本書後，我心想這裡頭的世界是怎麼回事，卻無法闔上書本。就那樣在上下學的公車上、電車中一直讀，連上課的時候也把文庫版攤開在大腿上一直讀。第二天夜裡，我終於讀完嘆了口氣，啊——，我好想變成秋牡丹哪。

秋牡丹是個又漂亮又強大，討厭旅行、忍耐跟無聊的寂寞又華麗的女孩子。

那時候根本連打算要當女明星的計畫都沒有的高中生這麼想——等這部小說改編成電影的時候我一定要演秋牡丹。從那時候到現在，這小說聽說有過幾次要改編成電影的傳聞，但最後都沒有下文。說真的，要把這小說中的世界，不管是音樂或美術，改編成現實是有很高的難度。而我，也早已過了能演秋牡丹的年紀了。

但是春天一來，我還是照樣在家裡妝點秋牡丹。我女兒們一定心想她們媽媽真的很喜歡這可愛的花呢。她們絕對不會想到我腦海裡餐桌上浮現的是《置物櫃裡的嬰孩》那汗水淋漓的寫實世界、是像是被稱為海中秋牡丹的海葵那麼詭譎的意象。這花朵輕柔的花瓣跟尖銳的葉片，令我想起穿著制服，彷彿穿著一身盔甲，想要奔向世界時那個格格不入的自己。我感覺我好像不可以忘了她，雖然其實也並不怎麼懷念。

今年我沒買花，我改買整盆花苗了。為什麼呢，難道是想給自己增加新的負擔嗎？插在根部的那個牌子上寫著只要花開完了馬上剪掉，土壤表面乾了就澆水，這麼做就會不斷開花。這一次我真的有辦法好好照顧好它，不會讓它枯死嗎？紫紫紅紅的像金魚一樣的花朵綻放時，我這已經沒辦法演秋牡丹了的人是會感到開心呢，還是會為這個已經成長到了能把花照顧到讓它綻放的成熟的自己而感到有一點落寞呢？

練舞腦突觸

女兒的朋友跑來家裡說要一起K書準備考試，兩個人關在了房間裡頭。我去看了一下，沒什麼啊，四小時裡有兩個小時又三十五分鐘都在跳舞，就這樣而已啊。兩人就那樣一直盯著電腦螢幕上的韓國偶像團體，開了舞蹈大會。那些團體有男有女，人數也多，舞蹈細節挺複雜的。好像是有什麼類似舞蹈教室的地方上傳了那些偶像團體動作的影片，她們就一直重播來看。

哼——，現在年輕人還真輕鬆耶，馬麻以前那年代呀！哪有什麼

YouTube～，連電視機都還沒有錄影功能呢。所以一知道了Pink Lady出了新歌，馬上就去翻報紙查歌唱節目的時間表，等節目時間一到就守在電視前準備。電視機前面擺著卡帶錄音機呀，邊錄音邊拚命盯著電視記動作呢。唔，不過看個三次就會跳了啦。然後放學回家的路上啊，走在田邊小路就練了起來。我們那時候同年級裡頭有三組愛跳Pink Lady的，跟我最好的小八她們那一組應該是跳得最好的吧。噯——，妳們有沒有在聽哪～？

對啊，美美只要看個三次，連右腳蹭一下的那個特徵都模仿起來啦。二十幾歲的時候，因為工作去學了爵士舞跟芭蕾，那時候也很會記舞步呢……但問題是……。

到了四十幾歲，為了演古裝時候的那些動作舉止去學了日本舞踊。穿著那些沉甸甸的打掛，拖在身上站啊坐啊行禮啊很是困難，很需要技巧。老師說我們先學會跳一首曲子吧，跳的時候便很自然就會習得那些手腳的動作姿勢，所以我們就開始跳了。老師先跳一小段，我跟著馬上跳一遍。好，右腳、左腳～轉一圈啪（敲打拍子木的聲音）。啊啊啊，等一下，我跳不起來啊！我明明很會跳舞的！腦中一片空白，該怎麼講，就是眼睛看見的動作影像傳達到了腦部，接著腦再傳給手腳要做出一樣動作的時候，忽然那個神經迴路就整個斷了一樣。啊啊啊，身體機能就是這樣一樣樣漸漸衰老的啊？

不，我不能就這麼放棄，我一定還有得救！斷掉的神經只要再接起來就好了，於是我開始認真去學舞，努力修復迴路。就這麼過了三年，有一天真的忽然清楚感覺到自己的神經細胞嗶嗶嗶往前延長，神經元又連在了一起了的那個瞬間！好不容易才修復好這個能力，這一輩子真的不想再失去它了。

我家客廳的窗戶木框高度，高度剛好讓手機架上去的話與視線同高。這麼絕佳的位置，我對著窗戶自己的身影剛好可以映照在玻璃窗上，正適合練舞啊。我在YouTube上找到《月薪嬌妻》那首片尾曲〈戀舞〉的舞步動作分解影片，自己一個人練了一下，半天就記住了。現在這時代真是太方便了，我跟我女兒這麼講，她們樂得不得了，她朋友約我下次一起跳吧。哼哼，我可是還不會被高中女生比下去的呢～。

地圖女

看完電影試映，回程在飯田橋那裡迷了路。左右前後不管轉哪一邊，四周都林立著看起來長一樣的大樓。身穿西裝的人往四面八方走去，這下可好了，車站到底在哪個方向呢？我跟我朋友打開了谷歌地圖，但兩個人都不知道該怎麼用。

嗯哼，這種時候啊～。我轉頭四下看了看，大樓的影子朝向那個方向，而現在是下午四點，所以影子應該朝向東邊，那麼北邊應該就是那邊了吧？我們繼續往前走啊，應該會通到御濠端那裡吧？一回頭，朋友像被竹筷槍打中的鴿子一樣，傻愣在那裡看我。

「影子？北邊？妳在講什麼啊？」

「迷路的時候，不是可以看太陽的方位判斷方向嗎？」

「什麼啊，我這輩子從來沒想過要判斷東南西北啦——！」

咦，我這輩子是一直在判斷東南西北耶～。從小在東京、神奈川出生長大的人，海一定是在南邊。面朝太平洋的話，太陽會從左邊升起、往右邊落下。所以我去金澤玩水的時候，前後左右相反，搞得我有點頭昏。每次我去外地工作，人在高速公路上的車子裡時腦袋裡也常會想「啊，現在影子朝那邊，所以我們現在是往西走噢」之類。難道只有我會這樣想嗎？

出門旅行前我一定會熟讀旅遊指南。除了好吃的店家跟美術館那些必備的情報外，重點是要掌握位置關係——城市大小、河川位置、從機場到市區要走哪條路徑？以前從戴高樂機場到巴黎市區走的是北邊的克利尼昂古爾（Clignancourt）

那條路，但我窩在家裡帶孩子時，居然改從西邊的馬約門區（Porte Maillot）進去了，好像是開闢了新的高速公路。原來如此，這樣子方便很多呢。噢——，這種發現的喜悅，大家感受得到嗎？

還有一次去葡萄牙的時候，有過這麼一件趣事。那時候我們去的是連經典旅遊導覽手冊《地球步方》上面都沒有介紹過的小鎮。我們一行外景隊，搖搖晃晃搭了好幾個小時巴士疲憊不堪的抵達了旅館辦好了入住。好了，大家把行李拿去房間，再過十五分鐘我們就要集合去吃晚餐囉——。接著，一行人出門找餐廳，我馬上就知道該怎麼帶大家走。出了飯店往右轉，一陣子後會看見河，過了橋，對岸有廣場跟教會，那後面就是車站。咦～～！不會吧～？妳來過啊？一夥人訝異地看著我。呵呵，讓我來解開謎底吧～。旅館房間不是有放那種信紙、信封、住宿條款跟客房服務表的檔案夾嗎？那裡面通常也會有簡單的周邊地圖啊。怎麼可能有人先把行李箱放著不打開，先看地圖的啦～。眾人面面相覷，但我就是不先確認好這些，心裡頭不踏實嘛。

不仰賴知識確認此刻自己的所在地就會感到不安。這該不會是自己對於人生的一種過度理性的展現吧？不不不，這應該代表了我只要一張地圖在手，不管到了那樣陌生的土地上，我都是個可以獨自探險前行的「冒險家」呀，我可是這樣很自負的呢……。

就這樣跟朋友邊走邊聊，順利到了飯田橋的車站。我說，你看看我就跟你說吧？迷路的時候，就是要看影子判斷方向啦。我一臉驕傲，但朋友冷冷丟來一句——「但是妳那特技，天氣不好的時候沒法用吧？」

哎呀——，大人說得是～。

我的名字

為了宣傳電影，去了一趟北京。一到當地，口譯老師馬上教我怎麼用當地語言自我介紹（我問：「是北京話嗎？」。老師訂正說：「不是，是標準話。」）。「我叫做鈴木保奈美。すず是鈴，ほ是保，み是美」——老師說。唔，感覺好像有點聽懂。我聽見來採訪的記者們說「鈴木」之類的發音，口譯老師為我翻譯——「鈴木小姐，這是您第一次來北京嗎？」

一邊接受採訪，一邊我開始覺得有點不可思議。平時很少人直接喊我的姓，畢竟這在日本可是人數前三多的姓氏嘛。可能跟我的職業也有關係吧[1]。日本觀眾們習慣直接暱稱我為保奈美，而中國的朋友們可能基於禮貌，不好意思直接喊，而以鈴木小姐稱呼，我還聽見有些記者朋友甚至喊我鈴木「老師」。啊——，好害羞。不過，要是超級名模米蘭達．寇兒[2]來了的話呢？大家喊她寇兒老師嗎？小賈斯汀[3]不就變成了比伯先生？唔，有點好奇呢。

我跟我孩子的朋友媽媽們之間，彼此也都習慣單喊對方名字，有時候甚至忘記對方到底是姓什麼。他們也從沒被喊我「誰誰誰的媽媽」、「誰誰誰的太太」。我們之間習慣單喊名字，所以孩子們也習以為常直接喊別人家媽媽名字。我朋友的兒子已經上了高中了，他見到我時跟我說「保奈美，我在電視廣告上看到妳耶～」的時候，哎呀，聽得大嬸我心頭可是甜滋滋的呢。

我很多朋友是異國婚姻，她們在提到自己另外一半時從來不會像日本社會習慣叫自己的另一半「我家主人」、「我家老闆」。她們有時候說「我家約翰昨天吃太飽肚子不舒服」，你還要判斷一下到底是說她家的老公，還是她家的狗狗呢。所以我稱呼她們伴侶的時候，一定會加上「先生」兩字，約翰先生、史蒂芬先生，明確區別出是人類，以免混淆。

很有趣的是，我那些朋友們也把她們那一套稱呼習慣套用在我老公身上。第一次見面就叫他「貴明」。一開始他臉上每次都是一副五味雜陳的表情，不難理解，畢竟他——石橋貴明這位藝人——在這三十幾年來已經習慣被全國朋友們喊成「明」了。會喊他「貴明」的，除了認識很久的朋友，就是新近才認識的朋友，或是前輩，再來就是我那已經過世的婆婆了吧。最近他才終於習慣我那些朋友們對他的叫法。唔，這表示她們也算是他的「老朋友」了吧？

---

1. 鈴木保奈美在日本平時被直接暱稱為保奈美。
2. 米蘭達．寇兒（Miranda May Kerr，一九八三～，澳洲超模）。
3. 小賈斯汀（Justin Drew Bieber，一九九四～，加拿大流行歌手）。

只有一個人，在我們這群人這樣的作風之中，依然堅持要喊大家「誰誰誰的馬麻」，自稱則是「誰誰的馬麻」。大家一起喝茶吃午餐時也從來不談小孩子之外的話題，感覺好像是披著一身「母親」之名的盔甲。哼哼，但我可不會屈服的。我還是照樣看到她的時候都直接喊她名字，傳簡訊的時候也是。就這麼拉鋸了幾年，不曉得她是終於放棄了，還是習慣了，竟然開始喊我的名字了。耶～～下一次見面的時候，我想要好好聽聽她說說自己的事情，問問她喜歡看什麼書、有沒有什麼投入的興趣或是學生時代的英勇事蹟呢。

T恤勸退黃牌

噯，妳這樣會感冒哦，要穿襪子啦。哎唷，媽～，褲腳的地方腳踝一定要露出來啦！穿襪子很醜耶。我記得這樣跟我媽講是在三年前還是五年前？現在我知道錯了，媽。我現在連六月的時候也都要穿襪子了。那時候我實在太不知道天高地厚。

腳踝真的會冷耶。腳趾頭更不用說了。涼鞋什麼的，根本一年穿不到二十天，完全受不了。有時候穿芭蕾軟鞋出門，一回到家就趕緊換上暖呼呼的襪子。

不穿襪搭飛機、搭新幹線，根本不可能了。那種好幾層的指襪，真的很棒喔。暖得跟做夢一樣。

不過洗完要晾很佔空間，很麻煩。我們家有五個人，參加社團活動的、練網球的，再加上我穿個四層的襪子的話，那還像樣嗎？我家難道是在開襪子店啊……？所以我都儘量克制自己，一個禮拜只有一天能穿那種層層疊疊的五指襪。

結果這些五指襪啊、配球鞋穿的隱形襪啊等等，各式各樣的襪子愈來愈多，以前我以為那種襪套只有模特兒跟109辣妹才會穿，現在我也有三雙。啊——，我衣櫃裡放襪子的那一層都要滿出來了。明明希望儘量用好東西，讓衣櫃精簡一點，但現在完全反方向。

還有個東西最近也愈來愈多了。叫什麼……？就是內衣類的那種什麼東西……內衣背心？就是那個。我現在除了腳踝之外，也沒辦法露肚子了。不是不是，我不是說我會露肚臍，我的意思是說穿著輕輕柔柔的襯衫如果沒有把下擺塞進褲子裡去，有風透進來這件事，我忽然從某一天起就受不了了。穿T恤、牛仔褲的時候，絕對裡面還要穿一件，而且絕對要塞進褲子裡去。可是這……，這不是看起來很醜嘛？所以這就等於說，我被舉了黃牌了嗎？我不能再穿T恤、牛仔褲了嗎？每次看見我家那幾個高中女孩穿著T恤、牛仔褲的樣子，心底五味雜陳哪，哎，那是只有年輕人才能穿的，我已經不在那個世界裡了。感嘆哪。

那麼我所在的這個世界，又是個什麼樣的世界呢？才不過幾年前，我每次在街上看見經過的熟女們的夏日裝扮時都有點好奇，那些薄針織衫啊那些軟綿綿的襯衫哪，那種衣物不是沒辦法在家裡頭隨便搓洗的嗎？每一次都送去乾洗也不是辦法吧？到底她們是怎樣辦到的啊？現在我懂了，很簡單啊，那底下還要再穿一件免得肚子著涼嘛，所以也不用每次一穿完後就拿去送洗。啊——，我也踏進這一條線了。好啊，我乾脆來找看看有什麼漂亮的內衣背心好了，再用香味宜人的專用洗衣劑一件件手洗。對，我就這麼做。這麼樣愈來愈滿的衣櫃抽屜，搞不好也不壞噢。

悲傷蠶豆君

在超市蔬菜區的蠶豆前面站了老半天。擺在保麗龍盤子裡的已經剝好了的蠶豆是一盒三百九十九日圓。疊在旁邊籃中鮮綠豆莢還沒剝的也是一盒三百九十九日圓。該買哪一個回家呢？當然是剝好了的比較輕鬆啊。可是還沒剝的會不會比較新鮮？而且還沒剝的，應該比較划算吧？今天回家後還有時間，我看就買還沒剝的好了。好！下定決心，拿起兩盒放進籃子裡。走過收銀台前時心情不禁還有幾分雀躍，感覺自己好像什麼很環保、很崇尚自然生活的人似的。

在飯廳桌上攤開報紙正要開始剝時，女兒們回來了。妳看妳看，小蠶豆的床耶！哇，真懷念。《小蠶豆的床》是她們小時候很愛讀的一本故事書。教導我們小蠶豆哪、豌豆哪，那些豆子都有各自適合它們自己的一張床。還讓孩子們知道，豆子不是直接以豆子的狀態就忽然變成了一棵樹的，這點很重要。不然最近有些孩子還以為魚是以魚片的狀態在海裡游呢。

說到初夏的傍晚，就想起我還是小學生的時候，把報紙鋪在廚房地板上幫忙把毛豆從毛豆枝上拔下來的往事。收音機中傳出的夜間球賽轉播、紗窗外傳來的蟲鳴、母親煮飯炒菜的香味跟聲響。還殘留著白日印記的有點髒髒沙沙的手腳。就連聚集在天花板燈泡旁飛舞的蟲子那舞來飛去的樣子感覺都還清晰可見一般，彷若昨日，真不敢相信已經是幾十年前了。我真的好好長大了嗎？還是依然是那個曬得紅黑的小學六年級的孩子？回憶影像太過鮮明，讓人懷疑那一切該不會是我的錯覺吧，其實根本從沒發生過。

女兒們也沒打算要幫忙的樣子，但倒是圍攏過來看那些小蠶豆的床了。她們將來的回憶裡頭，也會有母親在初夏剝蠶豆的樣子嗎……？咦？咦！這蠶豆……根本沒什麼豆子啊！四間房間裡，只有一顆半左右，而且還是小不點的看起來好像很硬的還變黃了的。另外這顆豆莢、那顆豆莢……哎呀呀，全滅呀！兩盤蠶豆剝完，還不到一個手掌那麼多，這……這會不會也太悲傷了？裝盤的剝好的一盤三百九十九的，肯定豆子還比較多。我……我這花了時間在報紙上剝了一座小山一樣的豆莢，結果只能得到比我想的還不到一半的豆子。早知如此，我直接買剝好了的就好了嘛。消費者好不容易想花時間自己剝，好好實踐歲月靜好的小生活，竟然得到這種打擊，這樣像話嗎？

我抓了一把鹽巴煮了蠶豆，配著啤酒喝，心頭還是忍不住懊惱。不曉得誰說，「那妳下次剝好了的跟沒剝的，兩種都買嘛」。好，在蠶豆季節結束前，我一定會復仇的！

護唇膏求生記

我嘴唇不知道怎樣就是很乾，冬天也乾、夏天也乾、莫名其妙地乾。吃飯也乾、喝水也乾、講話也乾，什麼都不做也愈來愈乾。一沒注意嘩——地一張大嘴巴，馬上龜裂出血。一旦發生這樣的狀況，我就會不能專心，什麼都沒辦法專心做，所以無論如何得避開這種意外情況。因此我這人哪，一旦沒有護唇膏就沒法活下去。早上起來先塗一次，吃完早餐又塗一次，刷完牙再塗一次。公司派車來接，一上車就塗一次，到了攝影棚內，化妝師幫我上妝前我自己先塗一次，上完妝後又塗一次。有時會忘記帶錢包出門，但忘了帶護唇膏的時候啊，真是生不如死。

我至今為止應該試過了非常多種類的護唇膏。從學生時代在索尼廣場（Sony Plaza）發現了莎薇（Savex）的藍色罐裝護唇膏後，凡士林啊、曼秀雷敦啊，莓子口味或芒果香氣的再到高貴的海外化妝品牌出的護唇膏、美容沙龍獨門絕方，最近還有很多崇尚自然的品牌也出了各種護唇膏，完全不怕沒得挑。不過我還沒找到讓我覺得「就是它了！我這一輩子就靠它了！」的絕對王者。好想找到極致的護唇膏啊。總之，我現在用的是去年我生日時我女兒送給我的很簡單的有香氛的護唇膏，非常普通。

有一次跟朋友們全家人去居酒屋吃吃喝喝，一群人正鬧哄哄時我嘴唇又乾了。一如尋常拿出了護唇膏來擦，被朋友的先生看見，他鬧我說「我還以為妳鬼鬼祟祟在那邊幹嘛呢，原來在擦護唇膏？」嚇，瞧那口氣，那我也直爽地回說，

「對啦對啦，在擦護唇膏啦，沒有護唇膏我就活不下去啦。要是有一天被放逐到無人島只能帶一樣東西的話，我肯定是要帶護唇膏啊！」「哇——！只帶護唇膏又不能存活下去，女人家噢就是——」，吼，口氣很不友善耶。

於是我們兩家的兒子女兒們也加入了戰局，大家開始討論起到底要帶什麼去無人島。那裡應該沒有Wi-Fi吧，所以手機就被否決了。加滿油的船？待在那邊時用的帳篷？哪個好？也有哲學派的說要帶喜歡的書，至於那些肌肉老爸們則歸結出了「還是藍波刀好啦，一把在手，管你是要準備柴火、遮風避雨的地方或甚至弄吃的都可以耶」，說完便志得意滿。哎～，所以我才說男人哪。我到了無人島上，手上拿把刀子我能幹嘛啊？又不可能自己蓋一間小木屋，也沒法與猛獸對戰，我不要說那麼高的目標好了，我就是能拿那把刀子去搜集一些小樹枝來生火，在海裡捕魚來烤，嘴巴裂了一吃到鹽就痛，我根本什麼都吃不了嘛！既然橫豎活不下去，那我不如帶著水水潤潤的嘴唇等待死期來臨～。

前幾天我陪我女兒去聽了一場韓星的演唱會。在巨大的舞台上劇烈的前前後後來回跑來跑去載歌載舞的一名成員，被我看到他在中場時間迅速從牛仔褲口袋拿出了護唇膏來擦。我好想問他噢，他要是漂流到了無人島，肯定也會把那條護唇膏帶去，沒錯吧？

捏人者

小孩子要表現自己很生氣、不滿或抗議的情緒時，不用任何人教，就會「打」這個動作。把手或手臂往上舉高，朝對方順著重力揮下的這個動作，應該可以算是一種動物基本上就具備的本能吧。貓拳也是。鱷魚用尾巴朝著獵物甩出致命一擊也是相同的動作。但是相對於「打」，聽說「捏」是只有曾有過經驗的小孩子才會的動作。用指尖靈巧地抓起對方的皮膚，再朝旁邊轉一下的這種複雜動作，只有看過的，又或者「被」做過的小孩子才能夠重現。也就是說，妳家小孩要是在幼稚園裡捏了別人，那表示妳家小孩也被誰捏過，可能是很粗暴的同學、兄弟姐妹或甚至是身為母親的妳唷。所以一定要萬分小心哪。

我之所以會想起十幾年前一位媽媽友跟我講過的這番讓人聽了背脊發涼的話，是因為電視新聞評論節目上播出的，那位女議員對秘書所說的那番被大家說是「暴力言論」的那番話。哇——，實在是太驚人了。那樣子的講話方式，她獨創的嗎？如果是的話，從某種角度來說算是非常富有獨創性且機智的女性了噢？哎啊，現在應該不是讚嘆的時候。我是說，我其實忽然有點覺得，她該不會也是一路被人「捏」著過來的吧？東大畢業，又去哈佛深造後進入內閣，這麼精彩輝煌的經歷，而且她那年代，應該還是非常男性主導的社會吧？在那狂濤惡浪中，她該不會也是一路被人捏著罵「妳這王八蛋！混帳！爛貨！臭女人……」一路拚命努力游泳活下來的吧？然後不知不覺間，她逐漸不再意識到自己被人捏著、被人欺侮壓迫，漸漸地，當事情不能照著她想要的方向走時，她會不會也覺得，啊

——，這種時候捏就好了，用捏的讓別人知道自己的意思。於是「捏」在她想法裡變成了一種極其平常與人溝通的方式？會不會是這樣？

哎呀！別誤會，我可不認識這位議員，也不清楚她的地位對於國會、國政會產生什麼樣的影響。我沒有站在任何一邊。被那樣痛罵的人一定會受傷吧，但是發出那樣粗暴言論罵人的，可能沒有意識到那會讓人受傷。我只是覺得女性講話那個樣子……，哎唷不對不對，這樣不是性別歧視了嗎？女人就不能罵別人王八蛋啊？女議員就應該表現得很女性化啊？那是搞錯了時代了吧。

只是好可憐喔，我覺得。沒有發現不可以那樣捏人的她，跟身邊有沒有半個人告訴她那樣的溝通方式會被社會大眾唾棄。這世上，不是每個人都是敵人。我們應該也有自己深愛的家人跟深愛自己的家人吧？如果可以，真希望「捏」人的這個行為從世界上消失。暴力的連鎖效應必須被阻絕，才不會繼續延續下去。

去澀谷玩——成熟的大人篇

二十出頭時，我第一次搬出去在澀谷租房子住。從車站穿越公園路，再穿過東急手創館後就在快到高級住宅區前的某家乾洗店旁邊。每天蹬蹬蹬、躂躂躂踩著輕快又緊張的步伐。工作晚歸的夜晚，闃黑夜路上唯一那麼一間亮著粉紅色光芒的Mister Donut是我心唯一的依靠（現在應該不管哪裡，就算深夜也都亮晃晃的吧）。

第三年的時候，東急文化村Bunkamura[4]開了。對一個憧憬巴黎女人的Olive少女[5]來說（咦，那時候也不算少女了噢），專門放映法國電影的LE CINÈMA跟巴黎雙叟咖啡店分店（Les Deux Magots）根本是天堂般的場所。我還記得在那裡看了夏綠蒂・甘絲柏[6]的電影，《美麗壞女人》（La Belle Noiseuse）、《紅白藍三部曲》（Trois Couleurs）、《理髮師的男人》（Le Mari de la coiffeuse）都是在這裡看的。其實有點看得一知半解，不過氣氛啦，氣氛。還在雙叟咖啡喝了加了奶油的法式咖啡，哀嘆自己到底為什麼不是出生在巴黎呢。

後來搬了好幾次家，沒有再住在澀谷了。每次要買東西時開始變得好像什麼貴婦一樣，叨唸著「不要去澀谷吧，那麼多人～，改去青山啦」。至於電影，十幾年來只有陪孩子去看過迪士尼跟吉卜力。澀谷，已經完全被拋在腦後。

之前很想看一部電影《藍色是最溫暖的顏色》（La vie d'Adele : Chapitres 1 et 2）。那電影在坎城影展蔚為話題，我心想不曉得是怎樣的電影，看了簡介，感覺不像是在家裡看DVD就能過癮的電影。咦～，LE CINÉMA正在上映耶，真不愧是Bunkamura！於是所以我又再度往澀谷跑了～。不過貴婦人哪，是沒辦法走在那麼嘈雜的澀谷站前交叉口的～。我人在車裡握著方向盤，哇賽！這地方真是愈來愈讓人眼花撩亂了。心頭小鹿亂竄耶。

到的時間稍微早了點，先買好電影票，再到旁邊東急百貨去殺時間的時候發現不得了啦，一整層樓的書店耶。而且書收得好全，從文庫本、新書、哲學書到古代史都有，連大人畫的著色本都有好多種類，食譜類書籍從紅白酒到便當，懷石料理到長壽飲食（macrobiotic diets），連沒聽過的小型出版書籍都有一堆。驚

4. 日本首家大型綜合文化設施「東急文化村」，澀谷計畫1985的一環，於一九八九年開幕。
5. Olive少女是一種文化現象，嗜讀Olive時尚誌的少女被稱為Olive少女。
6. 夏綠蒂．甘絲柏（Charlotte Lucy Gainsbourg，一九七一～，英法演員兼歌手，為知名女星珍．柏金之女）。

愕、怒濤、磅礡的瘋狂啊～。啊啊啊，我看一直把我丟在這裡好了。不對，我想要直接住在這裡！

過了幾天，帶著想買參考書的女兒又去了一次，逛來逛去咻一下就過了兩小時。帶著忍痛東挑西揀嚴選後的書籍去結帳時，三個人居然花了兩萬多塊錢，光是書而已。之後抱著沉甸甸的紙袋去了雙叟咖啡，攤開剛買的書一邊吃著反轉蘋果塔，啊啊啊～真是太幸福了，雖然我沒有生在巴黎。

Electrical World

家裡的火災警報器壞了。正確來說，不是我家的壞掉，而是公寓隔壁鄰居家的警報器出了點問題，說我家的線路在牆壁裡面跟他們家的線路是連結在一起，異常訊號也會傳過來，所以連我家的也要一起檢查才行。五個師傅大模大樣搖搖擺擺地來了，開始檢查跟隔壁鄰居隔著牆壁的長女房間（今天早上我才又唸過她，妳房間要整理一下呀，今天電器行的師傅要來，妳內衣褲之類的不要大剌剌就扔在那邊的那個房間）。結果搞到後來，果然說所有房間的警報器線路都連在一起，全部都要檢查才行，於是一路從臥室檢查到了儲藏間，整個家裡像被國稅局查了一遍一樣。噢噢哦不是，我是說謝謝師傅們那麼用心檢查，辛苦了～。三個小時後，火災警報測試順利結束，謝天謝地師傅們又大搖大擺地回去了。呼～鬧騰一波。

感覺我家的機器好像很容易壞掉。上個月是冰箱的警示燈一直亮著，請了電器行師傅來看。原因說是冰箱底部積了太多灰塵導致冰箱馬達散熱不良，請記得要仔細打掃喔～，師傅說完就走了。哇，太意外了，我都有用吸塵器吸呀，我是指平常手碰得到的範圍喔。有人沒事就把有沒有一百公斤重的冰箱移來移去，每一次都仔細打掃冰箱後側嗎？有這種人嗎，有嗎？

之前是烘衣機有點狀況。烘了一整天，毛巾也不乾。我都有仔細清理濾網、排水口呀，怎麼會這樣呢，又請了師傅來看。啊，妳這濾網的後面內側那個地方也要清啦。師傅這麼跟我說。可是噯，問題是那個內側用螺絲鎖上了耶？難道其他買了這台烘衣機的消費者們都會勤奮的拿著螺絲起子拆開，去打掃那濾網的內側嗎？不可能吧！

去年是飯鍋內鍋塗層剝落，結果抱著那沈甸甸的飯鍋去了一趟電器行，找了替用的內鍋，換了內鍋後回家。結果價格比想像中的貴耶。我另一半說，「一天到晚煮五穀米、糙米那些，塗料比較容易損耗吧？」，可是這台飯鍋可是有煮雜穀米跟糙米的那些功能的耶，我沒有那麼欺負它吧？但這些按照正常方式使用的器具，就是不曉得為什麼會容易東壞西壞，而且每次請電器行師傅來的時候，我都提心吊膽說他們會不會說「妳這個東西修不如買新的還比較快」。我就想要好好地、長久地使用它們哪。我才不想要升級，也不要更新。

以過著節能生活著名的稻垣惠美子應該就不會有像我這樣的困擾了吧。真羨慕。但是五口之家住在公寓裡頭，又沒有能晾衣服的院子，每次買菜不多買一些一下子很快就吃光了，根本沒辦法逃離倚靠機械而生的生活。所以，我現在對著電腦發發牢騷寫些藉口，點上附加檔案，正要寄給《婦人公論》編輯部呢。寄出——！

成為母親，進化中

最小的那個女兒一個人躲在陽台，鬼鬼祟祟不知道在做什麼，最後紅著哭過後的眼睛進來，原來是她心愛的那雙耐吉球鞋毀了。

事發原因是一場煙火大會。她跟幾個朋友一起出去，忽然下了一場大豪雨，幾個人趕緊躲到就住在會場附近的朋友家躲雨。那家人也很好，不但切了水果、端出點心招待這些忽然衝來躲雨、全身濕透的國中生，還拿了一整套T恤、短褲，連夾腳拖都借給她們了。不僅如此，回家的時候還說妳們衣服放著就好，我們洗完後再送還給妳們吧。托他們的福，我女兒於是就清清爽爽地回家了。接著暑假過完了，對方幫忙洗的衣服送了回來，連在那場鬧哄哄的大雷雨時，大概是淋得濕答答地乾脆先用塑膠袋包起來捲成了一團，可能也沒多想就擺在朋友家玄關角落的那雙球鞋也以那樣的狀態送了回來。哇——，這光想就知道有多慘烈，根本不用看。唔，是說我根本不想看。我女兒她自己打開了袋子，整個人嚇傻了，默默自己一個人拿著洗潔劑跟抹布就跑去陽台試看看能不能恢復原狀（去陽台這件事可視為她已有點成長的證明）。但想也可知，那些污痕霉斑根本去不掉，於是又氣又失望的她就此崩潰了。

好吧，好好當母親吧我～。記得講話語氣要溫柔一點。先坐下來好好講。對啊對啊，這雙球鞋妳好喜歡喔，真的很可惜噢（先肯定她的難過）。妳那時候好想要、好想要，所以媽媽帶妳去澀谷買的嘛（虧我還特地帶妳去買！——千萬不可以這樣責備她）。妳朋友跟她媽媽都沒有錯喔。她們借了妳衣服，還幫妳洗了髒衣服耶（要強調感謝之心）。可是妳也沒有錯。妳根本就不知道會變成這樣嘛（這只是預料之外的一項失誤）。媽媽也不會責怪妳。妳也不能怪任何人。雖然很可惜，可是我們也藉此有了一次學習的機會啊。難過的話就好好地難過，好好地後悔一番。有了這一次這麼難過的經驗，妳下一次就不會再犯一樣的失誤了吧。這就是反省喔。哭吧哭吧。哭完了就放下吧（好，我看我就講到這裡就好了）。啊——，但這可不是說這雙鞋子不行了，再叫爸媽買一雙新的給妳就好了噢（這點要特別強調）。

我可憐的女兒回到她房裡後又痛哭了一遭，最後哭累睡沉了。呵呵呵，好像哭得睡著的小嬰兒唷。

這一次我這當媽的應該做得還不錯吧？從頭到尾我都很冷靜，沒罵她、也沒氣她，只是一直開導她。要是平時的我早就端出一堆大道理，不停責備，最後搞得她也被我罵得氣噗噗的，然後我又覺得妳搞什麼呀！妳這什麼態度！最後都搞不清楚自己到底原本在氣什麼了。嗯哼，作為母親我可是成長了。

走到這一步，花了我十八年。不過路還長得很呢，母親這條路，我才走了一半。

京都腔兜酥耶～

我是東京出生、東京長大。啊……，不對，小學四年級起搬到了神奈川的湘南住了大概有十年，之後才又搬回東京。我父母都是在東京出生，原本從沒離開過自己長大的那個區。再往上一代，我家總共三代都是江戶人～嗳，說是想這麼說啦，但我祖父母、外祖父母那一代好像是在昭和初期才從宮城、埼玉跟新潟等地搬到東京來。不過我們在家就是講標準的東京腔啦。年節時去祖父家玩時，那些想念他的伯公、叔公們特地從仙台前去相聚，一家子熱鬧呼呼。他們那群人的東北腔應該算是非常溫和的那一種，所以我小學第一次去仙台的時候，那些遠親的婆婆嬸嬸跑來跟我講話的時候我完全愣住，差不多就覺得「這是俄文嗎？」那麼離譜程度。

不過也就那麼一次大受衝擊的經驗，之後一直沒什麼機會接觸「方言」，畢竟家裡往來的親戚朋友們都是關東地區的人。由於太少有機會接觸，我反而對方言的憧憬日益膨脹。那些廣島腔、博多腔，都好可愛噢，然後最最可愛的，當然就是京都腔啦。我看完那部以京都為背景的電影《窈窕舞妓》[7]後，實在沒有辦法，就是好想溜上幾句京都腔，腦內自動轉換成京都腔模式，不管什麼都想換成京都腔來講。剛好那時候有個機會跟我朋友一起去京都旅行兩天，哎呦喂呀，實在好想講～好想講哪～。從京都車站一上計程車，我馬上對司機大哥丟出了話題——「京都腔真的好好聽喏～」，沒想到司機大哥居然回我「每個客人都這麼說，可是那些亂講的實在聽了一肚子火」。啊——，被擊沉了。於是我的京都腔轉換模式就這麼被啪——的切掉了開關。

但是，又是這個但是！「哪裡跌倒就哪裡站起來！」（咦，這句話不是這麼用的？）總之我拿到了一個講京都腔的角色。堂堂正正就可以說啦～。嗯？不對，我要是講得太爛，一口亂七八糟的京都腔全被用電波送了出去，會不會引起全日本同胞「一肚子火」啊？那我不就完了？

收到了方言指導老師錄製的台詞音檔後，我就不斷的聽，自己也試著唸出來看看。就這麼不斷嘗試後，感覺聲音語氣裡好像也帶上什麼性格般的存在。京都腔很柔，講話很繞，什麼事不會直接說，但要講的的話也絕不退讓，絕對會說出口。不會有什麼「感覺好像……」、「唔啊」之類妥協句。自己的立場、對方的立

7. 窈窕舞妓：舞妓はレディ是日本二〇一四年上映的電影。該片主要講述了鹿兒島出生、津輕長大的主人公春子通過努力成為一名說著一口流利京都方言的出色舞妓。

場，都會清楚表明。雖然不激昂，也是絕不乾脆。對，就是我在京都街上遇到的那種讓人覺得「很京都」的那種女人。沒濃妝豔抹，卻也不是毫無防備。一頭剛剪的清爽短髮搭配著沒有染色的麻質布料之類的衣服，感覺好像身上不會流汗，也沒半點贅肉，總是好像有點小忙的樣子。

就這麼練習著講京都腔時，我的切換開關又開啟了。近來看報的時候，還會自動轉換成京都腔呢。「川普先生近日又講了些油嘴滑舌的刻薄話，真希望他不要再這樣子了呀呢哪」——類似這樣。結果就是講話好花時間，沒辦法，真是——，累。

為了優雅地添年歲

一位超可愛的模特兒（二十八歲）為電視台節目去巴黎出外景，看見喜歡的凱莉包而猶豫不決。「我想等到三十歲再買。我想變成適合拿這包包的成熟女人。」唔唔，我懂我懂。我也想過一樣的事。那是我也剛好三十歲左右的時候，在巴黎……咦，不是，是在玉川高島屋的愛馬仕專櫃啦……咦，還是巴黎的愛馬仕？哎呀，我連這麼重要的里程碑都忘了，我真的老化的很嚴重。呵呵。總之那個時候泡沫經濟剛起，大家都想要一個凱莉包或是柏金包。那時跟我一起去的造型師在旁邊敲邊鼓說——「愛馬仕店裡很少出現黑色款的耶，這個訂的話要等半年耶～」，於是我就吃了熊心豹子膽，真的給她買下去了。

之後我變成了一個適合拿那包包的成熟女性了嗎？這個啊！首先哪，我買那包的時候剛好也才剛過三十歲，還是個流鼻水的黃毛丫頭呢。怎麼可能襯得起凱莉包呢？結果就像小一新生揹著書包看起來根本是人被書包拖著一樣。我後來不死心，又穿上了套裝搭配看看，簡直像一位要帶小孩去參加私立學校招生面試的媽媽一樣。哎——，我還沒長成襯得起這個包包的成熟女人呢。還是等我有一天襯得起它再拿出來用吧。於是含淚深深嘆了口氣，又把那包收進上頭有個H字樣的高雅布袋裡。

之後每次搬家，都大事珍重的帶著那個布袋搬。偶爾拿出來欣賞欣賞，又把它收藏回去。就這樣，差不多去年的時候，我快聽見五十歲的腳步聲了，心想我總成熟到夠格拿這包了吧？「等我有一天襯得起它的時候」是什麼時候？不就是現在嗎？我從衣櫃拿出了那個包，皮革乾淨得沒有一絲刮痕，帶著光澤，觸感又柔滑……咦？光澤？我這包豈只帶有光澤，這根本發亮吧？這跟我想像的不一樣呀～。我想的是一個被用得皮革開始有點軟塌了的包包，被瀟灑地夾在一名成熟女子腋下的情景哪。啊——，覺得人跟包一起走過了青春呢，像那樣的……。哎呀，這下子不行了。明明應該跟包包一起共同度過那些年歲的，我卻把它裝進袋子裡供在神壇上，包包的年歲跟人的年紀根本搭不起來嘛——！

所以不是拿著凱莉包，就會自動變成成熟的大人。也不是只要增添了年紀，就會變成適合拿那麼美好的包包的人。一定是人跟包都要一起經歷歲月的歷練吧，我想。在三十歲那時，就算那包並不適合自己，就算拿著它看起來好像有點滑稽彆扭，我也應該把它拿出來用。就是要跟那包一起共度那段青澀無比、怎麼看怎麼蠢的時光，等一回首的時候，人跟包一定都已經歷練的很相稱彼此了。

我想跟那位模特兒說。就算有人可能會說自己不夠格拿那個包，可是那份不甘心，正是讓自己成長的沃土。丟臉可是年輕人的特權哪。一腳踹開那些有的沒的吧。等將來有一天能夠笑著說「哎呀，我那時候也很狂哪」，就已經是一位迷人的成熟女子了。

害怕丟臉而錯過成為成熟女人契機，我這下不趕快用光速培養不行了。養什麼？養那個包？不是，當然是養我自己。我沒時間啦～就算要稍微猛一點、狂一些，也在所不辭啊。

我心裡的理想影像是牛仔褲，斜揹凱莉包。呼，一鼓作氣站在鏡子前面看，哎喲，果然還是很緊張。不過我得踏出第一步，站到玄關外面去。「什麼時候？」當然就是現在哪。

熱氣的前方

喜歡做菜的另一半好像忽然想做早矢仕飯[8]，要我順便買蘑菇回家（肉上週已經冷凍好了）。耶～，這下子我只要準備沙拉就好了吧？太讚啦，輕鬆～。明天女兒們的便當也帶早矢仕飯吧～，輕鬆！等等，女兒上週說學校餐廳的微波爐

8. 一種把燉牛肉醬料澆到白飯上，很像咖哩飯的日本人發明的餐點，名稱來源眾說紛紜，一說為丸善創辦人早矢仕有的所創，因而以早矢仕發音為名。

不能用了，所以這意思是……？唔，是那個嗎？那種保溫力超強，中午時依然可以吃到熱騰騰湯品等等的坊間人稱「悶燒罐」的下手機會來了嗎？

太開心了～，買了蘑菇後順便去東急手造館看了一下，有耶！有各種廠牌的各種大小、各種顏色的悶燒罐，還有專用的保溫袋跟剛好收得進去的筷子啊、湯匙等等的。看來秋意漸濃，大家想的都一樣呀，都想著白天時候吃點熱騰騰的東西。我挑了老半天，買了可以放早矢仕醬汁、白飯跟配菜的三層重疊的直立款回家。

我母親應該是全日本最早做造型便當的人了吧（根據她本人說法）。我妹上幼稚園的時候，為了騙個頭小又不愛吃飯的我妹吃飯，在便當盒裡裝飾了小熊啊、花啊之類的。她說幼稚園老師都說鈴木太太不要再這麼做了！其他家長抱怨小朋友們都說便當想要像鈴木家的那樣。這事都過了四十年了，還是我媽引以為傲的話題。

我身為她女兒，應該也很會做造型便當吧？怎麼可能～。我家可是一次就要做三份唷，每天早上。哪有那麼多時間哪。幸好我家女兒不挑食，個個食慾旺盛，不用太費工夫她們也都吃光光。所以我通常就是捏兩個飯糰，弄個玉子燒或是肉腸、燒賣、花椰菜或是番薯之類的，差不多就是這樣吧。從我長女念幼兒園的時候做起，到現在雖然也做了十六年了，但有時候還是會忽然興頭一起，卯起來一整個月玩便當料理。像是我朋友送了我仿曲木便當盒之後，熱衷做了好一陣子海苔卷跟稻荷壽司、在進口超市買到茶褐色三明治包裝紙袋後，也做了好一陣子三明治。噢，對了，前不久我還做了「超適合放在IG上的超上相三明治」，放了幾乎有麵包的兩倍那麼厚的切絲青菜、雞蛋跟火腿夾在麵包裡。嗯哼～，頗獲好評呢～。三月三日女兒節「桃之節句」的時候，我就用櫻色魚鬆跟炒蛋弄了個粉色系的便當，真是好可愛～。當下明明只有自己一個人，還是忍不住用手機拍了下來，不知道要傳給誰就傳給了我媽。

話說早矢仕飯，那天女兒們中午吃完了後，傳Line來說「還很熱耶，厲害」。看來日本這方面的技術是真的很棒。下次我去出外景還什麼的時候，我看也借一下她們的悶燒罐好了，試看看到底是什麼感覺。唔唔，看來我家應該會流行好一陣子悶燒罐料理了（咦，還是只有我很有興致而已？）。奶油燉菜、義大利雜菜湯……唔，感覺豬肉味噌湯也不錯喲。

兵將已如夢

選舉到底為什麼老是說成選「戰」哪？那是戰爭嗎？對啦，是戰爭，大概。可是每次一到了眾議院總選舉，大家老是聲嘶力竭大喊加油加油加油！耶耶耶！那樣的，又不是在參加岸和田地車祭[9]。說什麼要傾聽國民的聲音？唷，我這前

9. 岸和田地車祭：九月中旬日本大阪岸和田城地車祭典。參與遊行的男子拖著手工精心製作、裝飾華美的地車在狹窄的街角橫衝直撞，熱情地呼喊並同時前後跳躍舞動。

前後後三十年，每次選舉都乖乖到我家附近的小學或圖書館投票，我也從沒覺得自己的聲音真的被聽見過呀，沒有唷。但我還是要善盡我的責任。大颱風天的，穿上雨靴冒著風雨去投了神聖的一票回來後，實在忍不住在意開票結果，看了即時新聞。

一些當選人高喊耶～贏啦～萬歲！的樣子，真是讓人覺得不可思議。噯，現在可不是欣喜欲狂的時候，接下來你們可要為國民盡心盡力，不然我們可就慘啦。現在可不是享受那種好像考上了東大、還是贏了世界盃一樣的勝利快感的時候。還有啊，牆壁上會貼出候選人名字，當選者的名字旁會被貼上一朵紅花。大家不覺得那看起來也有點怪嗎？好像是被頒了動章，贏了別人正在笑一樣。而其他那些沒有被貼上紅花的名字看起來則委實落寞，好像是被認定了「這人不行啦」、「很差啦」這樣的烙印一樣。

可是沒當選的也不見得就比當選的人差呀，這點我可不會搞混。戰爭輸贏是一回事，善惡又是另一回事。有可能只是選戰打得比較聰明，或者是手上拿著比較厲害的武器，又或者單純只是強者通吃而已。至於道德上是否端正，那又是其他事了。這畢竟不是善好的一方就會戰贏、惡壞的一方就會敗亡的世界。

這些事啊，我去年看《真田丸》的時候就一直在想。真田信繁那麼樣為別人著想、熱心研究、不畏自我犧牲又笑容那麼迷人的人（噢，因為是堺雅人演的關係嗎？）都會輸了。我怎麼看，他都比德川家康善良，要是有選舉的話，我這一票一定投給真田信繁。可是最終家康贏了。原本只是一片蠻荒沼地的江戶拜他所賜，突飛猛進，連奧運都已經辦了兩屆呢。所以從結果來看，也許對我們日本人來說是好事吧。又或者不是呢？

每次搭新幹線去大阪時，我都喜歡坐在右側位子。直到幾年前，過了名古屋快要進入滋賀縣的時候，往窗外望去，都會看得到一塊「關之原古戰場遺址」的牌子（那牌子近來不見了，查了一下發現好像是正在進行為二〇二〇年而做的更新工程）。一想到那麼一大片綿延幽廣閒適的丘陵野原下，長眠著既不屬於善也不屬於惡的幾萬名魂魄就叫人感觸良深。如果那些野魂會說話，他們大概覺得我只不過是稍微走出門，把主君的名字寫在紙上，就幾撇字的功夫而已就能決定天下是誰的，也不用打戰，這樣我還要抱怨外面下大雨？四百年前，那一票搞不好可是要拿命去換的呢。

現在就做、馬上就做、不要捨不得做

一年之初，我都會想個屬於那一年的標語。前年是借用了系井重理老師的話——「心情好就是最高的美德」。去年則是「現在就做、馬上就做」。這是清楚了解我自己的缺點所下的選擇。一整年我都告誡自己這句話，結果雖然沒有完全達到這目標，但至少也前進了一步……唔，好吧，半步。所以二〇一七年的標語，我就在這句話上面再加一行，變成了「現在就做、馬上就做、不要捨不得做」。

中元節或是年底收到了禮物後的謝函是我的一大關卡。我總是想著等一下把包裝紙收拾好了就去寫、報紙看完了就去寫、洗完澡就去寫、洗完了碗就去寫。啊，看完了九點開始的連續劇後就去寫。就這麼等一下又等一下，時間一下子就過了三天，收到的火腿也吃完了後，終於寫了「非常美味，謝謝您」。可是出門時卻忘了帶出去寄了。隔天記得收進包包裡，出門後卻一直沒看見郵筒。等終於找到了郵筒，前面卻沒辦法臨時停車。等我好不容易終於把謝函丟進了郵筒，早已過了謝函的最佳時間了。要是當下馬上就寫，寫好後馬上就用我這雙腿跑去離家兩個路口的那個郵局寄，十五分鐘就做完了。所以現在就做吧，馬上就做。

不要什麼事都只是在頭腦裡想呀想，要動手、要動腳，馬上就動！有什麼關於演戲的想法時，立刻去嘗試。要是不行的話就再想新的就行了，不要捨不得試。想要嘗試空中瑜伽，那麼就去試吧。把想著「好想試試看耶」的那個時間拿去執行，能不能持續下去，等試完了再說就好啦。

之前想泡點茶來喝，結果發現焙茶後面放著上個月買的薄荷茶，還有排毒茶跟我朋友去台灣玩給我帶回來的茉莉花茶。排毒茶是因為想排毒才買的，買回來當下早就該喝了。朋友去台灣旅行的興奮，早該趁人家還餘味猶存的時候就跟人家分享。東西來到身邊的時間點，肯定有它的意義。另一半生日時收到了一把料理刀具，我馬上把它拆開來用了。這把刀子肯定能為我家廚房帶來一點新氣象。這份能量，就要趕緊趁它還新鮮的時候好好享受一番。

如果買了新外套，隔天就穿吧。不要想著哎呀，天氣還沒那麼冷，外套裡面穿件T恤就好了啦。不要捨不得穿。這麼決定後，我買東西時多了個「明天馬上就能穿」的基準，我發現我好像少買了很多不必要的東西。新的內衣也不要一直收在抽屜裡，馬上穿。想著等什麼時候再穿，那個「什麼時候」才會來呀。女人芳華五十一，每天都要穿輸贏內衣！

有不懂的事情，馬上就查。有想見的人，馬上就去見。雖然要自己不能「等一下」、「晚點再做」是一件很難的事，但總是一點一滴在心裡頭這麼告誡自己，我發現好像連新陳代謝變好了一點呢。好，我現在這一刻要在心裡頭提醒自己的，就是這份稿子了。離截稿日還有兩星期，但我可別發懶。「現在就做、馬上就做」。有什麼想法，也馬上打下來，想法這種東西，可是不能捨不得用的。嗯，我可沒忘記我對自己的提醒。嗯，我看這標語再延長個一年好了？

泳池怪咖

好希望家裡附近就有適合的泳池啊～～，打這句子的當下，我正如此私心妄想。早上一起床，就可以游個泳醒腦。一天結束的時候也可以在水裡面伸展四肢，再洗個澡，之後就可以睡覺了。這樣子游完泳回家好像也不錯。我不太擅長跑步，有氧運動主要都是游泳。

不過這麼說，聽起來好像我很擅水性，是條美人魚似的。其實我游得很爛。追根究柢，我以前念的小學根本就沒有泳池，這根本就是致命傷。那時候學校每年會帶我們搭巴士去市立游泳池游一次，那就是我們的唯一一堂游泳課了。之後我雖然搬到湘南，在那裡成長，但是我去海邊的時候都是蹺課去那邊曬太陽、在那裡看人衝浪，根本沒專程跑去游泳過。

長大後，有一次要跟我朋友去香港旅行。嗳，既然要去，我們就去住超高樓層的高級飯店，去泳池邊喝點雞尾酒什麼的呀——！哇——，好奢華耶。於是，於是為了那趟旅行，就為了在香港飯店的漂亮泳池裡面優雅地游著自由式，我還專程跑去上了一期短期的游泳密集班。

兩週特訓下來，我總算能在泳池裡以一種看起來好像自由式的方式前進個二十五公尺了，不過就是游得非常之慢，還被年紀比我大個三十幾歲的大姐超車。此外，我換氣換得非常很爛，游到泳池對側時已經快沒氣，肩膀抖個不停，折返時只好用走的。在水裡面慢慢走回去。

之後我的泳技就一直是那樣的程度沒有進步，不過我還是很喜歡游泳池。我喜歡那種全身都從重力之中被解放了的輕鬆感。所以去大阪拍連續劇要在當地過夜的時候，我私心最竊喜的，就是能泡在飯店的泳池裡，讓因為穿戴假髮、和服而緊繃的全身肌肉放鬆。

那一天，泳池裡有人比我早到。一位看起來六十多歲，感覺很像是靠著勤跑健身房來避免應酬導致肥胖的公司高層主管般的男性。一副游得很慣練的樣子，在一如往常以自由式與水中漫步往返的我面前，他一下子就非常俐落地從泳池中攀上了池邊。接著……嗚哇哇，他那泳褲……是白的呀。而且材質還非常薄透。在視力1.5的我面前，完完全全可以清楚看得見他屁股的股縫跟身上脂肪的分布情況。Why？Why白色？Why那麼薄透？還好他沒有轉過頭來，真是謝天謝地。拜託啊！千萬不要回頭啊，千萬不要在我旁邊那一條泳道游啊。我可不想跟那條薄薄透透泳褲裡面的存在一起待在水裡面呀。啊啊～真的不行了。別說換氣，我連呼吸感覺都感到快要有點困難了。

還好那個人我就只碰到過那麼一次。但我之後每次要去游泳時，內心還是有點小忐忑。說到這，我從我宇宙無敵霹靂可愛的女兒那兒聽到一個消息，就是那位高橋一生啊，聽說他提早下戲的時候，也喜歡去泳池游泳耶。「不知道他穿什麼樣的泳褲噢？一定是黑色的三角泳褲吧？」哇，這番大膽言論可是激起了女性陣營的一陣腦內妄想啊。原來對象不一樣，會引起這麼不同的感受啊？這一種心頭的七上八下，好像也不錯唷。

與薇諾娜・瑞德一起

哇——迷上了。好久沒這樣迷上海外連續劇了。《唐頓莊園》（Downton Abbey）那時候雖然也全劇追完，但那時是等電視台播，所以是慢慢看。像這樣一口氣追完一整季，大概是繼《24反恐任務》（24）以來第一次了。因為我們家那幾個高中女生說很好看，我試著陪她們幾個大小姐看了《怪奇物語》（Stranger Things），結果一口氣迷上。

舞台設定在一九八〇年代的美國某個無聊得要命的鄉下小鎮。蒼鬱幽深的森林。黃色的校車、小鎮的雜貨店、西式炒蛋與咖啡。是不是很有一點《雙峰》（Twin Peaks）跟《回到未來》（Back to the Future）的感覺？這鎮上有差不多年紀在十二歲上下的男孩四人組，其中一人被捲進了某起事件中，從此展開整個懸疑推理故事。男孩們為了尋找事件線索，沿著森林裡已經廢線的鐵軌走。當然，手上還要一邊揮舞著撿來的樹枝。是啊！就是很《站在我這邊》（Stand by Me）的感覺啊！最後他們在被邪惡的大人們追殺的時候，還騎著腳踏車瘋狂四處逃。哇——，這不就是《E.T.》（E.T. the Extra-Terrestrial）嗎？所以理所當然，也有出現萬聖節的場面了。《E.T.》上映那時，我還想那些人到底為什麼要扮成那樣在路上走來走去啊，是那個地方的特殊節慶嗎？那時候讓我如此不得其解的萬聖節，現在在日本所帶來的經濟效益已經僅次於聖誕節了呢，真是時代轉變。

　女主角出現了。基於某個原因，頂著一頭無敵超短髮。超短髮又素顏，卻非常非常可愛。她有某種特殊能力，會在男孩子們碰到千鈞一髮的危險關頭時出手相助。「別怕！她馬上就會來救你們了，來了喔，來了來了，來了～！」哇，我在電視機前面激動得拍手叫好，我家幾個高中女生在旁邊眼神死。

不過說到這齣戲裡哪一點最感動人心，當推薇諾娜・瑞德[10]是也。是那個《四個畢業生》（Reality Bites）、《剪刀手愛德華》（Edward Scissorhands）的那個薇諾娜・瑞德啊。我在演員名單裡看見她的名字時，心底那驚詫與欣喜，而且還是所有演出名單最上面第一位！「哇——薇諾娜？那個薇諾娜？太棒了太棒了～！」我幾個女兒看我興奮成那樣，眼神更冷死。噯噯，妳們知道嗎，這個薇諾娜，以前可是比現在艾瑪・華生[11]更紅上不知道幾倍的大明星耶！我好努力跟她們說，但她們反應好冷淡，說什麼「噢，妳說那個演媽媽的唷？」真悲。

10. 薇諾娜・瑞德（Winona Laura Horowitz，一九七一～，美國女星）。
11. 艾瑪・華生（Emma Charlotte Duerre Watson，一九九〇～，英國演員）。

薇諾娜·瑞德在裡頭為了尋找失蹤的兒子，一身簡便的裝扮，什麼也沒有，就披頭散髮的也沒化妝（其實化著看似沒妝的妝），不是在大喊就是在發呆，不然通常時候就是在哭。可是，她可是薇諾娜·瑞德耶。那嬌小清瘦的，一雙黑汪汪大眼珠中閃著一抹慧黠與桀驁的薇諾娜·瑞德。帶著《彼得潘與溫蒂》故事中的小仙女氣質，又看起來很有鄉下貧窮的單親母親感。確實增添了年歲的痕跡，不再是十七歲的她。而現在這個我，也已經比當年看著她時的自己的母親年紀更大了。歲月呀！真是細數難盡。談了戀愛、被人甩了。胖了、瘦了、生病了、醉了、父母親走了、建立了自己的家庭。無論是那些想回頭修正的過去或是那些小羞恥的回憶，即便是頭下腳上的倒立也倒轉不回來了。不過無所謂，看著她，感覺自己體內又再度燃起了勇氣。就這麼擁抱著這份無以言訴的悵惘往前走吧，與薇諾娜·瑞德一起。

深夜的快樂冰淇淋

深夜十一點剛過，心想十二點前上床睡覺吧，忽然LINE的訊息提醒亮了。

「我公公住院了，這一整個月都在跑醫院，壓力真是山大。」「啊啊啊，辛苦了。妳公公還好嗎？」「他還好，我快掛了。」「懂！」「辛苦了。」「加油！」「好，我們去吃烤肉吧，幫妳打氣！」

是我們家小孩還在上幼稚園的時候，每天一起接上下學時熟稔起來的六個媽媽友的LINE群組。前前後後大家一起艱辛奮鬥了十五年的老友。「媽媽友」——

其實我不太喜歡這個標籤，不覺得很籠統嗎？大家都有過自己的少女時期，當過學生，成了大人，有的人有過很厲害的職業生涯，有的人談了驚天動地的戀愛之後結婚，每個人都有自己一篇壯闊的人生故事。但明明身懷絕技，當家庭主婦真是太可惜了，一但被多了一個標籤，就成了一個好像沒有自己面貌的模糊存在。還可能聽起來像是什麼很輕鬆愜意的族群呢。住在大都會裡，孩子念私立學校，指甲弄得美美的一群女人。可是啊我要說，像前面提到的朋友，她的公公已經住院第三次了；另一個人的父親也才剛過世；還有另一位的小孩正要準備大考，而她老公在外地工作；一個跟娘家感情不太好。主婦、OL、女大學生——我們都是被貼上了這些標誌的世代，但我們每一個人都有各自的人生故事。

忘了哪時候我被一個連續劇男導演說過，「妳人生簡直完美呀，老公那麼有名，也生養小孩，又當女明星，根本什麼都有了啊」。

聽得我都傻了。原來別人是這樣看我啊？的確表面上看起來，我可能好像是這樣，但我啊我，我也有我自己私底下的一番故事啊。有些想做卻無法如願的懊悔不成眠的事，有些就算時光倒流也沒辦法企及的憧憬欣羨，更有些因為自己的沒用而輾轉反側的深夜。我要是這樣反駁的話，會顯得太過自我嗎？的確我有時候也會覺得家人身體健康、能夠一起吃飯就該值得感恩了，可是我總是在那個想認同自己已經很滿足了的我與還想要更多、更多的充滿渴求的我之間徘徊。不曉得有沒有哪一天，會突然就嘩——地一下子就從各種煩惱中完全放下，又或者就這樣繼續下去，成為一個貪心的老婆婆呢？

「吃完烤肉後要不要再去唱卡拉OK啊？」「好啊，當然～」「當然～」「啊～黑皮冰淇淋！」「嗄，什麼意思？」「同時講了一樣的話，要請吃冰淇淋啊～」「真假，從沒聽過耶」「我也沒聽過」「幹嘛啊，我們同年代的吧～」「會不會是地區的關係啊？我們神奈川縣民，這是常識等級耶」「埼玉縣民也知道喔」「我是世田谷的，我沒聽過」「呃哇～～」「喂喂，這對話會不會太無聊啦～」「超無聊的啊，誰先開始的啦～」

時針轉了十二點。不曉得誰說了這麼一句——「噯，會不會那些自己一個人對著空氣說想死的人，就是因為沒有人陪他們講這些無聊話才想死啊？我有妳們真的很好耶～」「真的。」「真的。」「啊——，快樂冰淇淋！」

自家慶祝的日子

讓我問一件很無聊的事。那個啊……成人式到底為什麼一定非辦不可啊?就是那個各地政府會在市民會館之類的地方，大費周章辦得熱鬧滾滾的那種儀式。我二十歲成年時已經從家裡搬出去住了，對那典禮本身也沒興趣。雖然我家就在神奈川，想去的話其實也可以去，但我沒去。我問了住在家裡的妹妹，她也馬上說「不記得了啊~。我應該是去會場拿了紀念品之後，就跟朋友們出去玩吧」。那時候的市長是誰我也早就忘了」。成人式，說起來本來應該是感謝一個人能平安長到了成年的年紀，從此要有一番新的自覺，也請身邊人今後也繼續多多關照自己的一種「轉大人」——呃儀式，也就是說，跟小孩子的七五三應該是一樣性質的吧？慶祝孩子平安長到三歲、五歲、七歲——的七五三是各個家庭決定自己要不要慶祝，所以這種日子，本來就是各個家庭自己決定，跟近親好友說一下、自己人過一下就好了。

當然儀式上，市長可能有機會說些非常發自肺腑之言的祝福的話，也一定有些地方典禮辦得令人感動，孩子又可以趁這個機會跟很少碰得上面的同學見面。可是啊，現在可是有所謂的社群軟體耶。想見面，辦同學會就好啦。像我家女兒都沒有什麼我們家這地區的朋友，她們應該也不會想要去參加我們這地區的成人式吧。所以大家看孩子要不要參加，主要是看會不會在儀式上碰得到朋友，才不是去參加一個儀式，來藉此產生成為成年人的自覺呢。有些地區甚至辦在迪士尼樂園，歡歡樂樂的當然很好，但是歡樂之前應該先感謝在那地區住了很久，繳了很久住民稅的孩子父母親吧？說什麼一輩子只有一次的重要日子之前，應該先做這個吧？↓碎唸。

我身邊很多朋友都是跨國婚姻，從來沒聽說過他們的孩子去參加什麼當地政府的成人式，但他們還是會好好慶祝。我是說，非常傳統的。我有一個朋友的女兒充滿外國人的氣息，但是成人式時，大費周章地穿上了振袖和服，去了不曉得是明治神宮還是哪裡參拜，然後跟爺爺奶奶、外公外婆全家人合拍紀念照，之後再去吃飯。其實大家也不用拘泥一定要在成人式這天做這些事，只要在大家都方便的日子聚在一起，慶祝一番不就好了嗎？搞不好這才是更合乎我們日本人原本慶賀成人這一天的作法呢。

今年我一位住在澳洲的朋友寄了她女兒二十歲的照片給我。她的爸爸是美國人。我朋友請她住在山梨的親戚寄了一套振袖和服去澳洲給她，然後幫她女兒穿整套振袖和服的人，居然是住在澳洲當地的白人女子。聽說是個日文非常流利很出色的白髮女性。我猜我朋友張羅她女兒成人式的這一大堆事情應該很累，但能為女兒累的日子也不多了。接下來就要靠她自己了——像這樣在孩子背後推一把，把他們往前推的那一天……，不，應該說就算前方充滿危險，也要告誡自己不能再出手相助，要放手讓孩子飛翔的那一天，就是所謂的成人式吧。尤其是對母親來說。

又看了一次朋友寄給我的那張照片。盛夏陽光灑落的樹蔭底下，穿著短袖洋裝的妹妹身旁，那位有點靦腆又帶有幾分驕傲的剛成年女孩。我這個從這女孩還在念幼稚園時就認識她的東京阿姨，可是看著看著照片心頭都甜了起來呢。真是多麼闔家的、多麼可喜的一天哪。而且這樣喜洋洋的日子這一輩子可不會只有這麼一天，會有更多的一日又一日。而要怎麼增加這樣的日子，就看你／妳自己囉。

三千煩惱絲

髮質此刻已受損到了堪稱本世紀最嚴重的情況。毫無光澤、毛毛燥燥、乾枯粗糙分岔。我試過了不含矽的、標榜天然成分的各式各樣的洗髮精跟護髮乳了，可是還是沒找到最終歸屬，現在成了一個洗髮精徬徨者。我家天真的女兒還跟我嘮叨說：「我們家洗髮精一直換耶，可以定下來了沒呀？」真是！我那些抗老化用的高級洗髮精，妳們這些高中生大剌剌每次一按一整坨用什麼用哪～。

至今為止已經幫我照顧了我這顆頭毛四分之一世紀之久的美髮師阿大說：

「妳之前燙過了平板燙啊，這陣子又每個月染髮，我已經儘量幫妳護髮了耶。」呃——，染髮噢。要是不演戲的話，我根本也不在意，但連續劇的妝髮師說「一打燈會很明顯，所以每次長出來的時候，我用睫毛膏幫妳塗掉喔」，讓我聽了很不好意思。我其實是真的很想乾脆不染了啦，就直接以白髮造型出現吧？但阿大一直反對，他說：「妳要用白髮造型還早十年吧？我不負責喔！」而且，聽說要像島田順子女士那樣一頭美麗的銀髮，其實不是想長就能長成那樣的。說到這，我家老媽也說摻雜著白髮看起來就很礙眼，不染很怪。

每次都幫我洗頭的金髮小望給了我一些可以自力救濟的實用建議——「洗頭髮之前一定要好好梳過，還有洗髮精還沒發泡好之前，千萬不要搓頭髮，而且一定要洗兩次。一洗完就要好好吹乾，尤其是頭皮！」我現在全都照著做，我也愛吃海帶、也愛吃黑芝麻，除此之外，我還能怎麼做啦～？

頭皮按摩也來試一下好了。可是按摩跟做指甲之類的都要先預約，很麻煩耶。我這個人是今天想做就想去做的那一型，沒辦法安排兩個月之後的行程啦。

以前我接洗髮精廣告的時候，拍攝前，對方叫我開拍前一星期請先去哪裡按摩頭皮，幫我先約好了時間，讓我有點驚訝。之後到了那邊，一邊聽那位帥哥美髮師聊起他住在跟房仲公司分租的房子裡的各種趣事，邊享受按摩跟頭髮護理，兩個小時後，還真的一頭烏溜溜滑順順的秀髮了呢，真的好厲害。各位知道嗎，那些洗髮精廣告裡，秀髮被風吹過，輕飄飄揚起，烏黑亮麗豐柔的那些畫面，都是真髮去拍的。現在這時代，什麼畫面CG動畫做不出來？這些廣告竟然還那麼執著去追求真實的美。我在濕度九十度、霧氣深濃的白樺林拍攝時，妝髮師一手拿著吹風機，淚汪汪地說「人家沒辦法連濕氣都控制好啦！」所以說呀，現代社會即使發展的這麼數位化，還有很多細節裡都潛藏著類比作法唷。

好吧，說回我的頭髮。「保奈美呀，妳髮質其實沒那麼糟啦，妳一定是一天到晚看妳家那些年輕女孩的烏溜溜沒有受損過的頭髮，你才會覺得自己的糟。妳不可以跟那些年輕女孩的頭髮比呀～」哎唷，阿大，你這是在安慰我嗎？

排毒之旅——Part 1

「從上野出發的夜車下車時～」，從昨晚起，那首名曲〈津輕海峽冬景色〉就在我腦中迴旋個不停。為什麼呢，因為我要搭乘從上野出發的特快車呀。現在不管是往西或往北走，都是去東京車站搭新幹線，到底有多久沒從上野車站出發過啦？沿著記憶回想，最後一次從上野車站搭車好像是快上小學之前，我爸跟伯父帶我去豬苗代滑雪那一次。回想起來，那時候我妹還好小，大概是我媽成天帶孩子累得要命，跟我爸嘮叨：「你有時候也帶保奈美出門玩一下吧？」於是呢，我爸就約了熱愛運動的伯父一起去。呵呵，一個人帶孩子出門沒把握噢？養兒育女不管從前或現在都不輕鬆嘛。我記得我們那一次好晚好晚才去搭列車，然後轉搭巴士，到了一間兩層樓的看起來好像公寓一樣的旅館。入住隔壁房的，是四位說是在幼稚園當老師的年輕女生，對我很好，大家一起窩在暖桌前打撲克牌呀、吃橘子啊，混得很熟。最後連我爸跟伯父都跟她們混熟了。哼哼，他們當時也才三十歲出頭歲，正當年輕嘛。我還記得回程的列車上，他們好像還故做輕鬆地跟我說，那幾個姐姐的事，不用跟媽媽提起唷。咦，那之後我有保守秘密嗎？還是引發了他們夫妻大戰呢？可惜我不記得了。

　　這次我搭的不是夜車，也不是梓號列車2號[12]（啊，這是另一首歌噢。），而是草津3號。沒錯，溫泉。之前我聽說有家旅館有斷食行程，就一直想試試。三天兩夜。這要怎麼擠出時間呢？結果沒想到，我家那幾個高中女生說要參加社團外宿活動，有五天不在家。呵呵，真沒想到這一天真的會到來呀～，時間過得可真快。我還記得我懷了長女的時候，心想自己今後就是「為人母的人生」了。算是一種覺悟吧。接下來這一輩子，整個人的行程都跟小孩綁在一起了，沒辦法再隨心所欲想出門就一個人出去晃溜了。沒想到我女兒要上小一的時候，我忽然間發覺，小孩子怎麼長得這麼快？不管我有沒有盡好為人母的責任，孩子都會不停長大。照這速度下去，再不了幾年，她們就不在家了？之後我就不是「為人母」的人生，而是要回到「我自己」的人生了？而且要是身體健康，搞不好這人生路還很久呢？這些事，學校保健課時要教啊，不然我怎麼知道，嚇死人了。不是生產、閉經後就沒了，是還有好長一段路要走呢。

就這樣，時機來了。我這五天時光要怎麼花，都是我的自由。感覺好像美夢

12. 二人團體「狩人」名曲〈あずさ2号〉。

啊。謝天謝地，我家那一口子也獨立自主了，要跟他工作上的朋友一起去吃飯，於是我就約了我其他也已經養兒育女告一段落的朋友，一起上了車。旅途車窗，總是引人幽思。我回想我這大半輩子的人生……噫！專欄字數爆了……。我人都還沒到草津呢！因此斷食體驗就請待下次繼續囉～。

修復身體——排毒之旅 Part 2

Fasting，意思就是斷食。之前《婦人公論》上也有過一篇〈一週晚餐斷食〉的文章。去書局的時候，也看到好一些「週末斷食」啊、「週一斷食」等等各種斷食入門書，最近似乎開始流行起這樣的風潮。不過說是「斷食」，好像也不是真的不吃，有分成只喝酵素果汁的、只喝用慢磨榨汁機榨出的蔬果汁的果汁斷食法（Juice Cleanse）等等。我身邊也好些人嘗試過斷食，當然也有因為實在很怕蔬菜汁的味道，只喝一口就吐出來的中途舉白旗投降的人，不過大部分人都說「很棒唷，感覺身體很輕鬆」。斷食的目的不在於減重。不吃東西當然會瘦，但是只要一恢復飲食，體重又回來了。所以斷食的目的好像是在讓腸胃休息，調整體質。有個朋友甚至告訴我說，「身體不用消耗能量在消化上，思緒變得很清晰，各種新鮮的想法一直冒出來耶！而且一直分泌快樂賀爾蒙，我到後來整個人超開心的～」。人家都說成這樣了，我能不想試試看、體會一下那種境界嗎～？況且別人做得到，怎麼可能我會做不到？這時不服輸的那一面不曉得為什麼就冒出來了。

這一次，我朋友跟我選中的這家旅宿提供了紅蘿蔔汁跟沒加料的味噌湯與梅干。由於不是以醫療為目的，現場沒有醫生指導，旅館裡也有專精大自然長壽飲食（macrobiotic diets）的廚師會準備美味套餐，所以如果想吃東西的話，可以選擇半途停止斷食喔，就是這麼「隨和」的斷食法。旅館裡也有運動空間，裡頭備有瑜伽墊，隨時可以使用。隨便自己什麼時候想泡溫泉都能去泡，然後就是在床上滾滾滾，看看書就好了。家事、工作都可以擺一邊，腦子裡完全不用有它們的存在，啊～真是多麼奢侈的享受啊。真想知道自己三天後會有什麼變化，真是太期待了。

第一天傍晚，喝了最初第一杯紅蘿蔔汁。很大的玻璃杯，來了兩杯。另外還有味噌湯，所以肚子裡噗嚕噗嚕的。旅館人員還說明說番茶跟加生薑的草本茶完全不限制，請儘量多攝取水分。嘴饞的時候，可以吃點黑糖。泡溫泉前，請先舔點鹽巴。哇，一開始就覺得很順，雀躍不已。

聽那些嘗試過的人說，斷食過程中有些人會頭痛、有過敏症狀的人也可能在斷食期間出現過敏狀況。我跟朋友說我稍微有點緊張耶，沒想到她開始窣窣擤起鼻子來了。「不曉得怎樣耶，已經開始覺得喉嚨癢，有點咳，好像身體也有點燙……」，「不會吧～？妳已經開始有反應了？妳也太快了吧妳～！」，「妳別看我這樣，我這人可是很纖細耶」。我們兩人笑得亂七八糟，但我一看她臉，不對呀，臉怎麼也紅啦？實在不放心，打了內線給櫃檯跟他們借了體溫計，一量竟然！三十八點五度！朋友嘟嘟噥噥地說「最近睡眠不足啦，可能泡了溫泉也有關係吧，妳別擔心，我睡一覺就好了」，說完便早早上床窩進了棉被裡。唷——，這趟斷食之旅，到底會變得怎麼樣呢～

吃，還是被吃
——排毒之旅 Part 3

過完了斷食第一個晚上。發燒的朋友一整晚一直在旁邊發出呻吟。真的沒問題嗎？我躡手躡腳起床，獨自去泡溫泉。在更衣室的體重計上量了一下，竟然少了一點五公斤。想想其實也很正常，畢竟只喝水沒吃東西嘛。雖然這趟斷食之旅的目的並不在於減肥，但看見了數字，還是忍不住欣喜，這也算是所謂的少女心吧？

把下巴擱上了溫泉池邊，讓臉頰冷卻，邊泡在溫泉裡。昨夜下的雪堆積出一點高度，清晨的空氣靜謐無聲。早晨泡在露天溫泉裡真是幸福。不管泡多久泡幾次都不用煩惱要自己打掃，實在太感恩了。

泡得暖呼呼地回到了房裡，朋友已經起床了，正在發呆。看起來好像還很不舒服，體內該不是真的累積了那麼多毒素吧？我問：「還好嗎？我們提早回去嗎？」她說：「不用啦，我在這邊睡覺還比較好。」的確，她先生目前一人遠在異鄉工作，女兒又在國外念書，家裡也沒人。自己一個人在那獨棟房子裡發著高燒奮戰，光想都替她擔心。我在她身邊，至少有事的時候還可以幫忙求助，旅館也有人在。好吧，就這麼再同命與共一晚吧。

結果我朋友當晚燒也沒退，由於只能喝水，意外地成了自主斷食狀態。我呢，則是毫無問題地喝著好喝的紅蘿蔔汁，完全不覺得肚子餓。不過倒是有一股想「咬東西」的慾望，想吃點堅果呀、煎餅什麼的。要是在自己家裡，早就偷偷摸摸去翻廚房櫃子啦，還好現在是在旅館，根本也不能耍那些花招，只好死心了。噯，這該不會就是斷食成功的絕招吧？於是乾脆跑去健身室內做瑜伽、一個人去泡溫泉，然後看伊藤正幸的《去看無國界醫師團》那本書，一個人哭得唏哩嘩啦。

我這次斷食，沒有經驗到什麼靈感泉湧到驚人的時刻，也不知道自己到底有沒有冒出快樂賀爾蒙，不過倒是的確睡得很好，醒來時很清爽。果然身體能量耗費在腸胃努力消化的話，真的會妨礙睡眠噢。我看起來這樣，其實我很能吃，也很愛吃。我跟朋友去吃飯的時候，朋友還說「妳每次都是第一個開動的，吃到最後還沒停的那個」。去做腳底按摩的時候，師傅也問我「妳腸胃是不是不太好？」其實我不是腸胃不好，我是長期吃太飽，讓腸胃沒時間休息。現在我知道要讓內臟偶爾休息的重要性了。還有呀，我也發現不吃東西其實並沒有想像中那麼難熬。所以吃的時候，就應該吃好吃的、吃得快快樂樂、開開心心的不要亂吃。我有了覺醒，我不想要被吃東西這件事所左右，我想要好好管理自己的飲食。

陪身體依然軟弱無力的朋友從上野車站回家後，還沉浸在溫泉餘韻裡，朋友已經傳了LINE來了——「對不起！我去看醫生，說我是B型流感！我想我一定已經傳染給妳了。」啊啊啊，不會吧~~！接著幾天我都提心吊膽，但是沒想到，在下本人我竟然什麼狀況都沒有。這跟病毒同居了三天兩夜還能完好無缺的強勁免疫力、體力。該不會我根本是個身強體壯的人吧？這發現，搞不好是這趟旅程最大的收穫了？

你喜歡洗碗嗎？

我朋友二十幾歲的兒子，聽說帶女朋友回家了。

「怎麼講呀，就是很會做事的孩子。快吃完了吧，就見她很俐落地把碗盤收下去，之後便聽見傳來嘩啦啦的聲音，想說該不會是在洗碗吧？結果去了飯廳一看，瀝水槽裡的碗按照大小擺得整整齊齊。我心想啊，這孩子平常在家一定也會洗碗吧，像這樣的孩子，嫁到我們家來好像應該也OK。」「這女孩好、這女孩好，我家兒子的女朋友呀！偶爾幫忙洗個碗，老是洗好久，碗也擺得亂七八糟呢。」——「這就看得出來在家裡媽媽有沒有好好教了。真的教育得很好噢——」。

這一番話，聽得我這沒有兒子的母親深感有趣，且還心底七上八下。我一回家，馬上看了一下我女兒洗完的碗，還好有按照大小整齊地擺在瀝水槽裡。啊啊——太好了太好了，安心了。可是又想，咦，不對呀，我們講的那些話是不是太過時啦？

絕對不是說女朋友來家裡時會幫忙洗碗，就是好孩子。不是這樣。而是那洗碗的方式中展現出了那女孩的才智與機敏，像這樣的女孩，也許能跟自己兒子一起度過人生的荒濤駭浪吧——我想這才是我朋友想表達的意思。可是啊，真的是，我們這些女人一邊氣憤著小孩子都丟給女人照顧的這種社會現況，一邊高喊要讓女性有更多大展身手的機會，但同時又一邊毫不自覺地以一個女孩子（等於將來兒子的另一半）是否很會做家事，來評價對方？大家想想看，演藝圈每次一有什麼人結婚，召開了記者會時，總會有人問男星「您喜歡您太太做的哪一道菜啊？」，而且每次這麼問的，全都是女記者。那是多麼缺乏自覺的行為，不應該被忽視的。還有呀，只有女明星會被多加上一行說明——「她今後也會繼續從事演藝事業」。甚至還有「某某女星並未懷孕」這種非常詭異的且事務性的聲明。真是太過周到了。失禮萬千。至於接收這些新聞的受眾呢？是不是也都隨便聽過就算？因為我們就是在這樣的社會氛圍裡，這樣被教育長大的。可是如果連我們這些女性都還只是這麼只是這樣毫無所謂，那麼要求男性理解，不就更不可能了嗎？咦，這樣算不算也是歧視啊？哎呀呀。

於是我思考了一下，該怎麼改善我們的意識。像我一開始提到的我朋友家那情況，或許可以在吃完飯後，由兒子先起身離開餐桌吧？可以告訴女朋友說，今天妳是我們家的客人，坐著就好啦。我整理時，妳就先跟我媽聊聊天嘛。這樣真的好有男子氣概唷。說到這，我想起了有個高中男生好像呼籲大家男孩子應該要多做家事，還開了個補習班教導男孩子如何做家事呢。他是這麼主張的——「做家事是一種生存能力。自己的食衣住行，應該要自己負責，跟是男是女沒關係。而且這不只是一種在家庭中生存的能力，也是在社會上生存的能力。」是啊，所以大家都做家事不是很好嗎？另外，擅長的跟不擅長的、喜歡的跟不喜歡的部分，只要臨機應變，大家互相分擔就好了。有些事是只有男孩子比較擅長，有些則只有女孩子比較能幹，所以根本也不用全部平均分擔嘛。現在這當然還只是我們這世代的「理想」，可是它要能成為下一世代的「理所當然」就好囉。對。而且現在每天朝著那理想邁出一小步、一小步前進的，正是現在我們這個世代的責任呢。

II

旅行革命

有事要去美國一趟，於是我照例又開始埋頭猛讀旅行指南。不但要查好當地必去的觀光景點，也想知道只有內行人跟當地人才知道的情報（可是基本上印在書上就不是「只有巷子裡的才知道」了噢）。由於無法一次拿著好幾本書走，必須要把需要的資料都整理在一張地圖上，客製化成自己所要的。要是有什麼指南書可以在網路上查閱，一看見想去的店就在那店上點一下，就會自動連結到地圖上，然後地圖上出現一個標記——時代也差不多該進步到這樣了吧？我在咖啡店裡邊吃著草莓奶油蛋糕，邊跟朋友這樣大言不慚聊著我的心願，沒想到朋友居然回了一句「這早就可以了啊？」。「妳只要拿著手機，在上面輸入紐約、美術館搜尋，然後在跳出來的地址上長按一下，就會自動跳到地圖頁面啦。然後上面會有旗子，妳只要把那存起來就可以……」。什麼什麼？等等，講慢一點，我現在馬上試。什麼時候這時代變得這麼方便啦？真是文明的利器呀。太了不起了。

旅行時實際用了看看，又有了新發現。現在就算迷了路啊，手機也會告訴你，你現在妳人在這裡唷。然後你只要輸入目的地，它就會跳出去路徑，告訴你走路的話需要幾分鐘、搭電車的話要在哪個最近的車站下車，想搭巴士嗎？沒問題，巴士站在這裡喔，你搭了三站以後要轉乘幾號幾號之類的。啊，再過七分鐘巴士就來了唷。連這也會親切地告知。要是你想隔天早餐吃鬆餅，在IG上輸入#鬆餅，馬上就跳出一大推看起來美味無比的照片。選好喜歡的店家，按一下店名，馬上又跳出地圖來，還會很機伶地告訴你那是家排隊名店，問你要不要先預約？我已經不用再拿著折起來的地圖跟地鐵的路線圖那些東西到處走了，也不用打電話，害羞緊張地說「I'd like to make a reservation」啦，現在只要拿著裝了手機、零錢包跟護唇膏的小提包到處走就好，這真是旅行革命！

但在享受這革命性的便利性的同時，也不禁懷念起了那些一下子攤開、一下子收起來的地圖上那些折得破破舊舊的折痕。被包在藍色與黃色書套中，像本小書一樣的巴黎地圖。那些從落落長清單上找出最近車站，像拼圖一樣地把車站與地圖結合起來的那項繁瑣的作業，其實可以說是一種頭腦體操。現在變得太方便了，感覺頭腦馬上就要開始偷懶，讓人想幫它找點別的事做。有什麼事是不能仰賴機械幫我們完成的呢？那當然就是與人相關的事了。像是跟公車司機聊聊天氣、去參加博物館的導覽行程、問問咖啡店的人怎樣做出那樣鬆軟的鬆餅之類的。我決定今後要踏出舒適圈，多跟別人有互動。

我說真是大開眼界，真的是嚇傻耶。邊吃蕨餅喝著焙茶，這麼跟我老公說，他居然一副「我早就知道」的樣子跟我說「妳說的是Google Map吧？我連平常在東京也會用啊」。什麼？我才不想讓這種還在用傻瓜相機的人這麼說呢！

緊急按鈕（？）

假設你現在正去完美容院要回家的路上，順道繞到ＡＴＭ提點現金。今天是假日，銀行沒開，鐵門都拉了下來，並排著五、六台提款機的區域沒有其他人。你心想，哎呀失策，今天假日要收手續費，真不划算，一邊拿出了提款卡站在最靠裡邊的機器正前方，忽然一低頭……咦？這是……？信封袋？就剛好在螢幕的旁邊，輕輕擺著一個澎澎的提完現金後裝的那種銀行信封袋。澎澎的。這就是重點了。不是扁扁的，是邊角稍微有點鼓起來那樣澎澎的立體的狀態。上頭皺摺，看起來好像才剛被擺在那裡的樣子。邊角處還羅列著幾排用原子筆寫下的計算數字。這……這怎麼看都不像是「被丟在那邊」的樣子啊！好吧，你怎麼辦，要是你碰到了這樣的狀況？

當下傻在那兒耶，我。大概傻了五秒吧，下一個五秒，我左右張望。沒半個人。這裡平常尤其是午休時間，總是排滿了上班族跟專櫃小姐，可是今天是假日，沒有半個人走進來。這狀況，應該是要安心，還是感到焦慮？我把視線轉回那信封袋。它的主人一定會回來吧，神色倉皇。那時要是我手上拿著那個信封袋，對方一定會說：「喂！那是我的！妳要把它拿走嗎？」所以我不能碰它。萬一我指尖碰上它的那一刻，它的主人剛好衝進來了怎麼辦。噯，但是等一等，我要是不管它直接就走掉，下一個走進來的人未必會如我這麼正直，搞不好人家會直接泰然自若地把它拿走？那可不行。我還是應該把它拿去給警察吧。可是離這裡最近的警局在哪裡？啊——，那個大十字路口的地方有一個。啊啊不行，現在這提款區裡雖然沒人，但是外頭可是一堆人哪，假日逛街購物的。我要直接抓著這銀行信封袋走去外面幾百公尺外的警局也太顯眼了，但我又不能收進自己包包裡，不然那一瞬間，我看起來就是想私吞了。我又不能說，喂喂，我好歹也是個女明星，人見人知的那種職業耶，怎麼可能會幹這種事，這麼說又不保證人家就一定會相信我。噢，對了，我不如直接跑去警察局，叫警察過來吧？不對，搞不好就這麼幾分鐘以內，這信封袋就消失了。怎麼辦呢，把它忘在這裡的那個人一定很著急，不知如何是好，我到底該怎麼辦呢？

就這麼煩惱了好像幾十分鐘（其實大概只有三十秒）之後，我決定了。我稍微掂起了那個信封袋的邊邊，空的。啊啊啊——，真是太好啦——。

呼，這幾乎可比我去年參加北京電影節時，工作人員給我稿子，叫我要在台上跟中國導演用英語對談時我心底那股心驚膽跳呢。嗳，要是妳的話，妳會怎麼做啊？我問了我女兒，她卻給了我個標準答案——「提款機旁邊不是有那種緊急按鈕嗎？那個旁邊就有內線電話啊，用那個跟銀行的人講就好啦。假日也會有人接吧？」呃……竟、竟然也有這種辦法……，但是人在那當下就是不會想到嘛。

好吧，您碰到這情況的話，您會怎麼做呢？

誠實的隕石

沒有什麼預定計畫要出門的早晨，送完家人出門後，便是我一個人悠閒的看報紙、吃早餐的美好時光了。攤開體育報跟一般報紙，再把餐點擺在無印良品的餐盤上，名副其實邊看邊吃。有時候咖啡不小心滴到了報紙上、麵包屑也不小心掉了下來，實在很不像樣，但就是改不掉。不過我今天想要寫的可不是用餐禮儀，而是剛好在體育報上看到了一則很在意的新聞。

昨天舉辦的一場活動上，有位男演員出席。因為是某個酒商的宣傳活動，那男星顯得特別饒舌，不但跟一起演戲的女演員大談特談去酒吧的時候該怎麼喝酒，最後甚至還說出了——「我看過很多妳的照片耶，妳胸部滿有料的噢」……。嗚哇哇～～現在這時代，居然有人這麼敢講啊？我先聲明喔，我個人還滿喜歡這位男演員的。覺得平常他就是光明正大的開黃腔的那種人，實在是挺率性，他最好是在大鳴大放一些，好好的刺激日本的情色文化。——但是那位女明星聽了那一番話怎麼想呢？其他與會者又是什麼反應呢？是若無其事裝沒聽見還是怎樣？不曉得。不過那一番讓人覺得這在今日美國絕對會鬧出風波的發言，在報導中卻只是好像什麼事也沒有的只一句「現場嗨翻天，盛況空前」，這樣好像沒有甚麼事，而且蠻有趣的句子來結尾，讓人覺得好像有甚麼地方不太踏實，怪難受的。

為什麼我會有這種感受呢？因為同一份報紙，不過才翻一頁，就是幾篇在揶揄說出「性騷擾不是罪」的某大臣，還有一位被職員控訴性騷擾而不甘不願下台的某位市長的報導。當然新聞如何表現是自由，但是活字是有力量的。我以前沒意識到這件事，但看了這篇報導後，覺得這不是把社會大眾好不容易大聲嚷嚷要更細膩看待這些問題的這個機會給白白浪費掉了嗎？這做為新聞從業人員的堅持在哪裡呢？

性騷擾並不是忽然從天上掉下來的隕石。原本這地球上就有大大小小的石頭。被火山爆發的火山彈擊中會攸關性命，但是放在京都的庭園裡就很是一番愜意景色。就算只是零點五公分那麼小的小石片跑進了鞋子裡頭，就一定得拿出來，不然沒法走路。要怎麼樣決定哪些石子應該去除、哪些不用，這事看似簡單，做來難哪。

我開始想像，要是我參加了那場活動呢？（大概絕無可能會被說妳胸部好大，但我是說，我是說假設啦）。我會覺得被讚美了而很開心，還是我會氣得要命，覺得你這死大叔到底是在看哪裡呀？唔，我覺得我大概會笑著敷衍過去——

「哎唷喂呀～您到底是在講什麼呀～」，即使心底覺得很不舒服。因為我一直是這麼處理過來的。大概是沒種吧。很膽小，也無知。但現在我可也是個文字工作者的小小兵了，我不想再苦笑著敷衍過去了。我希望能更正視面對自己的情感。踩到石頭的時候，我希望我能覺得痛。我不是要把那石頭一腳踢飛出去，我是要好好看著它，好好仔細想想我為什麼會覺得痛。那石頭，仔細打磨一陣的話，搞不好是變成顆鑽石呢。這種處理方式，就是我的誠實。

成熟大人的泳裝小糾結

夏天。海邊。泳裝！抬頭看看梅雨時期的這個天空，又到了心頭癢的時刻。雖然其實我也沒排假，也沒計畫要去什麼度假區。去年夏天正熱的時候，我因為要拍戲，家裡招呼女兒們去玩的工作就交給了她們老爸。我在大阪飯店裡的泳池裡光是走來走去而已，穿著競技用的泳衣就夠了。可是……就是這個可是！我剛好在時尚雜誌裡看到了一個什麼「成熟的大人就是需要成熟的泳裝」這樣的特集，真是說得太好了！就是這樣嘛！我感覺自己得到了支持。我十年前買的那套小碎花圖案比基尼，根本一點都沒有成熟大人的韻味嘛。

嗄，妳穿比基尼啊？喂喂，這麼想的這位讀者您別誤會，我真正「只」穿比基尼的時間很短，通常我去海邊玩時（不管是夏威夷或是逗子），我都是早上一起來就在泳衣外再套上一件襯衫、短褲，或是輕輕鬆鬆直接套件洋裝，整天就穿穿脫脫，所以我泳衣一定要是兩件式的。也不用是那種很張揚的要大家趕快把目光焦點轉向我這邊的那種迷你三角形設計。只要能適度地展現運動氣息，又很優雅的就行了——雜誌上是這麼寫的。

於是我在選品店裡找到了一套感覺不錯的，趕緊去試衣間試試。卡其色的沒有花紋，很不錯啊，很成熟大人嘛。「這位客人，請問尺寸還可以嗎？」噢喔，尺寸是剛好啦，只是……咦？顏色很美，也不會太露，但是……怎麼……看起來跟想的不太一樣，還是說……不是太好看？好……好蒼涼啊？

沒有人比女明星更清楚燈光效果了。試衣間亮晃晃的燈光實在太過無情，把人家鬆垮垮乾巴巴的肌膚毫不留情呈現在眼前。實在難以置信。太出乎意料之外了。泳衣不是一種靠著盛夏的陽光，讓別人跟自己眼睛都看得不是太清楚的衣物嗎？

我不由得就想起了我朋友家的莎米。莎米是一隻牛頭㹴，全身圓圓粉粉，有點像是一隻小豬。我朋友家附近的人不曉得為什麼幾乎都養貴賓狗，所以出門散步時就是會遇到一堆貴賓狗。每天看著貴賓狗的沙米，於是也以為自己是一隻貴賓狗，散步回家的時候，看見商店櫥窗中映照出來的自己還嚇會一跳，覺得「這什麼東西！」愣了半晌還威嚇玻璃上那隻「妳誰啊！妳這隻醜八怪！」。

莎米呀莎米，我們兩個真是同類。我也一天到晚看見我家那幾個高中女生那充滿了彈性的大腿與屁屁，誤以為自己也是那樣了。我活在自己的錯覺裡，讓充滿彈性光澤的自己穿上了那套卡其色比基尼。啊——真是太悲了。簾子外頭傳來店員貼心的聲音——「要不要我拿別件來讓您也試穿看看呢？」噢，不用，不用……等我回家好好看慣自己真正的模樣，再重新來選購好了。

旅行革命AGAIN

拍連續劇去北海道出了外景，比預計中提早結束，於是我請劇組讓我提早回家。幫我更改飛機行程的經紀人，以一副我應該沒有，但還是問我一下好了的口氣問我說——「妳手機裡面有沒有JAL的App啊？」唷，酷唷酷唷，出現了。連飛機票都可以用App管理了。真是近未來的旅行方式。我怎麼可能會用那麼先進的東西啊？人家眼眶含淚。好啊，那打開妳手機上面的App Store，然後教了我這樣那樣。我在小小的螢幕上輸入一大堆數字跟英文字母，接著竟然！您即將搭乘比預定行程提早一班的這一班飛機，您的座位是什麼什麼，要不要順便看一下我們所提供的機艙服務呢？行雲流水地跳出了這麼些體貼的資訊，真是，太厲害了這時代。

這會兒想起來，我之前在美國的機場也看見了一位好酷的仁兄哪。留著稍微有點像是三七分的微微剃高的髮型，還很年輕，但穿件夾克，揹著一個像是中音薩克斯風的樂器盒，沒有帶其他行李，在出境處拿出手機直接一掃就通關了！一副好像哎唷，我是個一天到晚往各國飛行的人氣爵士樂手嘛一樣的帥哥。那是怎麼回事啊？現在不但機票，連護照都裝在手機裡啦？真是太厲害了。我這手裡抓著一張列印出來的電子機票的昭和女子，看著他真是全身都冒出了問號跟粉紅愛心耶。

那趟美國行還發生了另一件事。我因為大雪關係，所有行程全部被取消，於是我臨時想到，啊，去看藍人樂團的表演好了。趕緊上網查一下（用手機），買好戲票（用手機），劃好位子（用手機），接著只要在劇場入口出示手機畫面就可以進去看了耶，真是～太～厲害啦。

噢，不過呀，這樣什麼東西都靠手機也是有點那個？我最近看的一齣美國連續劇裡，主角有事拜託同事幫忙的時候，常常拿著同事很愛看的芭蕾舞戲票在同事面前晃兩下，「拜託啦——！」這種招數不就不能用了嗎？還有呀，連續劇最後一集的時候，跟戀人說如果你願意跟我一起走，我會在機場等你，把飛往巴黎的機票交給對方後在成田機場出境處，眼看飛機就要起飛了，究竟那人潮之中會不會出現女主角的身影呢？好，下主題曲！那個讓人懸著一顆心跟著忐忑的場景不就不能拍了嗎？還是要把裝了機票的手機整個給對方？

道具進化了，娛樂的呈現方式也跟著進化。我們搞不好正目睹了各式各樣的情況正在飛快變革的過渡期。實在沒辦法說什麼喜不喜歡耶，畢竟整個環境是被更巨大的什麼在快速推動。這股巨浪，昭和女子啊，妳乘風破得過嗎？

在新千歲機場櫃檯，他們問我「請問您要存在手機裡，還是印出來？」既然可以選，我當然還是……。於是就抓著一張紙往出境口走了。我的「存在手機裡」不知什麼時候才會到來噢。

我心所向 Southpaw

從椅子上跌了下來。之前把冬天用的溫暖床單整理在一起洗了一遍，要收在衣櫃最上方時，沒用梯子而是站在Eames的復刻椅之類的東西上爬上去，實在不該那麼做。整個椅子連所有床單都一起翻倒，倒在地上的椅腳剛好擦過了我右眼皮。啊——，割傷了，要像拳擊手那樣整個傷口大流血了，明天的戲，該不會不能拍了吧？著急得要命，但其實只是一個像被蚊子叮了一樣的小擦傷。不過精神上的打擊倒是比較大，讓我好一陣子都心靈受創，不知道該反省自己反射神經、柔軟度種種的都退步得比自己想像中還要快，還是該感謝自己平日很認真在維持體力，所以才能這樣輕傷而退？

之後過了兩個月，眼皮跟心靈創傷是痊癒了，但到現在右手肘還是痛。掉下來的瞬間，好像全身重量都壓在了右手肘上，現在別說拿炒鍋了，連拿菜刀都很辛苦，吹風機也感覺好重，眉毛根本就不能畫。啊啊，真是太不方便了。不過我最近想法轉換得快，我就想，這一定是上天的旨意，要讓我這個右撇子的右手好好休息吧？右手痛，那就改用左手好了。

漫畫名作《青春火花》裡的那個排球選手也是慣用的右肩出了問題。排球隊的隊員來探望她的時候，她正在用左手吃飯。朋友擔心她右肩的傷是不是很嚴重，但她立刻說其實她是想趁這個機會好好訓練一下左手（其實她右肩的病已經好不了了）。不曉得怎麼回事，我一直記得這個畫面，既然如此，我此刻的心情就是純・山度士，既然一時半刻還拿不了菜刀，我就先用左手刷牙好了。

不過啊，這個啊，真的是，難耶。握著牙刷的左手跟嘴巴裡頭的牙刷就是無法順利連動。各位讀者不妨也一試。您們真的會笑出來，真的會刷得很笨。

聽說日本人有超過一成的人是左撇子，但我身邊就是沒有半個。我家人、親戚、朋友們全都是右撇子，所以左撇子這字眼聽在耳裡就有種神祕的魅力。感覺就是右腦很發達的那種藝術家性格，不食人間煙火，但是靈感會源源不絕地冒出來的那種人（純粹是我的想像）。無條件崇拜耶。

看電視的時候，我家的高中女生忽然啊——地喊了出來。「媽～！不得了了，竹內涼真也是左撇子耶，真是～！」她的意思是，她喜歡的那些帥哥全都是左撇子。小栗旬哪、嵐的二宮啊、山P啊、星野源哪，現在連涼真兄都是了！她那句「真是～！」的言外之意，是啊～人家真的跟左撇子很有緣耶～。真是太有趣了，我故意鬧著她，透露了另一個情報——「妳知道嗎，香蕉人的日村君也是左撇子耶」。「啊——！」呵呵，嚇傻了半天。

西瓜的回憶

酷暑絕讚拍攝中。早晨的情報節目主持人儘管講到嘴巴都痠了，「觀眾朋友們請不要在戶外進行劇烈運動，有中暑的風險喔」，我們外景隊還是拍呀拍，一直往前進。我們這些演出的演員還好，畢竟身邊的工作人員會用扇子幫我們搧風、把保冷劑靠上我們脖子上，免得滿頭大汗的臉會被拍進去（畢竟劇情設定在秋天）、身上襯衫會被汗水染得變色，可說是能做的都幫我們做了，要是我們還抱怨太熱，實在太對不起那些全身是汗忙個不停的團隊人員了。啊——，希望今天一切平安，沒有半個人倒下。

中午休息時有人喊「導演請大家吃西瓜～。切好了，趕緊來拿～」。我假裝正埋頭讀劇本沒聽到，但是來叫我了，「保奈美姐，妳也請吃一塊～」。呃，其實我不太能吃西瓜，不好意思。「咦，妳討厭西瓜嗎？那黃瓜跟哈密瓜呢，也不行嗎？」不是不是，我是只有西瓜。黃瓜跟哈密瓜，甚至連番茄我也愛。只有西瓜的味道跟香氣還有那個外觀，都讓我看了很不自在。真是對種西瓜的農家很不好意思。咦，為什麼啊？這說來話長，你有時間嗎？

那是高一夏天。我去參加了只加入了一年的廣播社社聚，去了相模湖附近的河邊露營。大家在水邊打打鬧鬧，烤肉玩耍，接著吃完了東西後，開始打西瓜遊戲了。輪到了我。我被遮起了眼睛，笨笨拙拙地往前走，旁邊響起了各式各樣的聲音。我依照提示，把棍子往上舉，接著一下用力往下揮！那時候，我看到了。透過遮住眼睛的手帕，粉碎的西瓜片咻～地飛上了天，啪嗒一聲掉在了我的布鞋尖上。白色的，帆布質地的一雙布鞋。紅艷艷的西瓜汁渲染了開來。天哪，我心想，真是好噁心哪。之後我就再也不敢吃西瓜了。

西瓜無罪。可是那影像實在是太過強烈。過了這麼多年，我回頭想想那時候的情況，覺得會不會是艷紅的西瓜汁令一個十五歲的少女聯想到了血呢？一個還沒習慣自己身體忽然間的變化，被血液搞得團團轉的少女。無法融入，所以一年就退社了的社團，那種找不到歸屬感的感覺。三年級的學生都已經是大人了，男男女女隱藏不了的T恤底下的慾望。對那情況的厭惡與毫無歸屬的虛無，也許全都投射在了那個布鞋的那影像之中了吧？

我們家裡有一半的成員都好愛吃西瓜，有時候收到人家送來西瓜，我也不敢切。想吃的人就自己切吧，切完了連砧板、盤子、刀子，還有洗碗槽，麻煩也全部洗乾淨喔。趕緊逃啊。夏天一來，我就逃西瓜。而那西瓜殼內側青青硬硬的十五歲，一想起來還是那麼嗆人哪。

大嬸力

去美容院時看見了地板上有一個小孩。咦？等一下等一下？嬰兒？再看一次。結果還真的有！地板上鋪了色彩繽紛的泡綿墊，一個美髮師小姐的懷抱裡正抱著一個嬰兒。看起來才差不多六個月大左右，還不會自己坐。他母親正在剪頭髮，好像跟他母親隔著鏡子對望，笑咪咪的。

這家店每個星期五早上早一點的時段，好像提供了托嬰服務。好讚耶，這個好這個好。也會幫忙換尿布嗎？「會啊，我們平常請了專業的保母。只是保母今天剛好有事請假，所以才請我們家年輕的美髮師幫忙顧一下。今天這小孩很乖，有時候小孩子會嚎啕大哭，那樣只好請馬麻幫忙安撫一下。那時候啊，馬麻頭上還戴著髮捲這樣。」這種感覺好耶，大而化之，我喜歡。

我的情況是剛生完小孩那三年，印象是幾乎連一次都沒踏進去美容院。尤其我家三個連續接著來，根本沒時間管自己。等最小的那個上了幼稚園，我終於有時間走進百貨公司的時候，真的感慨萬千，到底幾百年沒買過除了T恤以外的衣服啦化妝品啊這些東西？

為了我老公的名譽著想，我要替他說句話，他是很喜歡小孩子的，很會換尿布。只是那時候他自己的工作也忙得不得了，又是做的是這種根本沒辦法控制哪個時間、星期幾要工作的行業，你根本沒法預測他到底什麼時候可以幫忙，我乾脆全部自己來，全都一肩扛。每天都是體力跟意志力的極限。啊啊——，今天終於苟延殘喘活下來啦。每天都是一沾到枕頭就倒了的日子。這種育兒的辛苦與狼狽，真是幾年也講不完。

但現在我的想法不同了。這些其實根本不用我一個人扛。我只要嚷嚷「我不行啦～～」，讓大家來幫忙就行了。多多依賴別人就行了。多放鬆一點、更大而化之一點。不用什麼都做得完美也無所謂。幫我接生的婦產科醫生那時候跟我說，「除了非媽媽不可的事情之外，其他統統可以請人幫忙」。我那時候不了解，但現在我懂了。那些年，也許我也有過壓力過大而對女兒很兇的時刻，女兒們啊，對不起唷。

那個美容院的小嬰兒連一次也沒哭沒鬧，跟著打理得漂漂亮亮的媽媽從從容容回家了。真是乖巧呀。不過哭了也沒關係唷，要是你不嫌棄我這位剛好在場的大嬸的話，大嬸我也很樂意幫忙照顧你唷。

先前我在飛機上碰到一個小嬰兒哭嚎不止，他媽媽慌張死了，我好想拿顆糖果還是什麼衝過去幫忙安撫。真的不用說一定要請保母什麼的，隨便旁邊的大

嬸就可以拜託了。啊呀，我這下完全把自己當成一個大嬸了。真是不知該喜該悲
啊，今日此時此刻。

生命的歷程

——棉花篇

棉花的花，長得跟朱槿有點像。覺得很意外，去查了一下，發現原來都是錦葵科的。對噢，現在想起，跟蜀葵也有點像。

這個跟蜀葵有點像的花謝了，結成了果實，果實的種籽周圍長了棉毛。有一天，這棉桃（棉花果實之稱）撲通就彈了出來（好像是）。收成的棉桃是多麼可愛啊，像一個小嬰兒的拳頭大小一樣圓滾滾的棉桃上，黏了茶褐色的乾撲撲的果皮，整個搭配起來實在是很上相。而且名字還叫做「cotton」。聽說這字的語源來自阿拉伯文，意思是「美好的纖維」。這阿拉伯人的品味會不會太好啦？語感給人一種很清潔且小巧可愛，天真無邪並且溫煦的氣息，很有一種太陽的感覺。

大概在距今八千年前左右吧，或是更早一點，不曉得在墨西哥那邊的什麼地方。最早在某個秋日發現棉花的，一定是在草叢裡遊玩的小朋友吧。隨風搖擺的枯枝頂上，不曉得有什麼白白的一團一團的東西。一摸，軟綿綿的。這什麼東西呀？拿回家給媽媽看。啊，先收集一點起來好了。小孩子就喜歡收集。他們在草叢裡面尋找，蒐集了很多白白的果實，跟朋友還有兄弟姊妹比賽，摘呀摘，多到兩隻手上、雙臂之間都抱不起來了。好開心呀好開心。然後他們就拆了它們，因為想知道這些白色球體裡面到底有些什麼東西，於是一直拆、一直拆，最後甚至還嚐了一下。噁～，不好吃，也不能吞。這種東西不能當成零食啊？呸呸吐出來。球體裡面也沒有什麼東西。摘出來的綿柔柔的輕飄飄的東西隨風飛舞，感覺好好玩喔，玩了好一會兒，拋著那些棉絮玩，又趕緊把飄在空中的棉絮抓起來，湊成了一大團蓋在頭頂上，一下子又試著捏得小小的，塞進鼻孔裡、塞進了耳朵裡。大家都看起來好好笑喔。小孩子們嘻嘻笑笑地回家了，母親們看見他們笑鬧得那麼開心，想說怎麼啦，看了一下他們的戰利品。咦，這東西軟綿綿的，要是塞進平常身上穿的獸皮、樹皮或是麻料的東西內側，或是躺下來的時候鋪在身體底下，應該會很舒服吧？就是這一刻了，人類與棉花奇蹟般的相遇。當然這只是我的想像，不過也應該相去不遠吧？

我們人類的皮膚細弱又怕冷，跟人類這樣子的皮膚如此合適的棉花，該不會是特地為了我們人類進化成這樣的吧？Cotton。我忍不住想。不過這一定只是人類的自我陶醉而已，我們才不是銀河系所追求的最終型態呢。我們只是剛巧出現而已。要是那時候，六千五百萬年前，巨大隕石沒有撞擊地球，恐龍的時代恐怕現在還持續著呢。牠們的身體又不用保溫，想來棉花也不會有今日的繁榮了。還

是說恐龍的子孫進化到後來也會愈來愈纖細，也會披上棉襯衫對著電腦呢？唔，
那副景象我倒是也想看一下呢。

糙米生活

糙米年資，前前後後十八年了。

一開始是因為聽說了「長壽飲食」這個字眼。經歷了二十幾歲自由奔放的飲食生活後，生了女兒，才忽然意識到，這孩子的指甲、頭髮、圓滾滾的小肚肚跟腦子，全部都是靠我所吃進去的食物製造出來的！我希望她吃些什麼，關鍵不在於提供母乳的我給自己吃什麼嗎？「You are what you eat」，直逼眼前！這下子嚴重了，我開始檢討自己的飲食狀況。剛好那時候社會上流行長壽飲食，出了很多食譜，甚至瑪丹娜還有一個專任的很酷的長壽飲食廚師。那一陣子我到處學了很多，過了嚴格執行的長壽飲食生活，但僅一個月就放棄了。就感覺有點體力不濟，畢竟對一個要照顧還在吃奶嬰兒的母親來說，那種飲食生活是有點太嚴峻了。我想身體狀況不好的時候，那樣的飲食方式用來調整體質應該是很適合，但是當時還是先恢復肉食生活吧。不過我那時候學的並沒有白費，畢竟知道了食物的陰陽特質，還有吃進完整食物的重要性，以及調味料跟食品添加物的相關知識。而且，我還知道了糙米這東西有多好吃。

通常我會一次煮三杯糙米與紅豆，煮好後，分裝成一碗飯份量，各別冷凍起來。其中一半會加進梅干、鹹昆布跟芝麻拌一拌，捏成飯糰後直接冷凍。這種東西做好後，早上如果很早就要出門很方便，直接拿出來微波就可以帶走在車上當成早餐吃。

在家裡吃飯的時候，我家不管配納豆、咖哩還是做成鮭魚卵飯，搭的都是糙米（雖然鮭魚卵跟糙米真的不太搭）。不過其實飲食上沒有什麼限制，吃栗子飯時當然也用糯米煮，有時也吃義大利麵，至於法式巧克力可頌的魅力更是令人難以抗拒。去壽司店的時候，肯定要享用晶白剔亮的白米飯哪。只是，有時候連續吃了太多美食，覺得體重變重的時候，吃點糙米這樣簡單的食物會覺得鬆了口氣，而且排便也變得順暢。真是很厲害唷，糙米。

這糙米我在這十八年裡，一直用一個我很喜愛的壓力鍋來煮。是個德國製的，不太大，但頗重的討厭傢伙。我一直以為我這輩子就會一直這麼用它了，沒想到，前不久不知怎麼回事，鍋面有點粗糙，開始容易焦鍋。手把也開始晃動。我老公看不下去，說他存的里程數可以用來交換的品項裡，有壓力鍋的選項，所以我就拜託他去換了一個。雖然要把還能用的舊鍋換掉，心裡有點捨不得，但是新鍋一來，拆掉了包裝，發現怎麼這麼輕哪！而且煮飯時間比先前省了很多，煮出來的還特別鬆軟好吃。哇——，我這十八年來吃的糙米到底是怎麼回事啊？

現在這些新機器真的很進步，更好吃，更簡便。看來今後的糙米生活更值得期待了。至於那個已經要退休的德國鍋子，就讓我帶著感恩的心送走它吧。我都用了十八年了，它應該也能體諒一下吧。

新季節之語

秋深／椰子油／白濁之晨

早上一起來，洗完了手，走到廚房燒開水。等在茶壺旁的，是有機初榨椰子油的玻璃瓶。用湯匙舀起一口，放進嘴巴裡含著。一邊像刷牙後漱口的方式一樣在嘴巴中咕嚕嚕、咕嚕嚕，一邊在茶壺裡裝水。開火，一邊想著飯糰裡面包什麼好呢，打開冰箱。將瀝水架上已經乾了的餐具收回餐櫥櫃裡面，拿出了便當盒。拉開窗簾，天氣好的話，就把窗子也打開。按下洗衣機。睡眼惺忪的踱來踱去，嘴巴裡面一直還在咕嚕咕嚕。水開始滾了後，把茶壺蓋掀開，讓水接觸一會兒空氣，接著把熱水倒進保溫瓶跟馬克杯裡，這之間也一直咕嚕咕嚕。咕嚕咕嚕大概要持續十五分鐘左右，夠了後就吐在紙巾上丟掉，再以溫水漱口結束。呼～，清爽。

差不多三年以前，美容沙龍的黃金之手告訴了我這種「油漱」的作法，說是「可以把睡覺時口中繁殖的細菌洗掉，牙齒還會變白呢」。專業的都這麼說了，豈有不試一試的道理。要注意的是，油漱完了後，椰子油不要吐在水槽裡，不然椰子油會塞住排水管，因為椰子油在二十五度以下就會凝固。

咦，用油漱口嗎？讀者是不是會這樣想。其實我第一次含住第一口的時候心底也有點七上八下，不曉得該怎麼呼吸，開始緊張，一不小心還差點吞下那口椰子油，噎了一下，好幾次都噎出了眼淚。尤其花粉症的季節最是辛苦，要用雙手蓋住嘴巴打噴嚏的那種日子，含著油都差點含到逆流了。一大清早我在幹嘛啊，心中不免唏噓。可是這種事啊，習慣之後就好了。而且漱完口後那種口中之清爽，真的會讓人上癮。我現在連出門旅行都得帶著小罐分裝的椰子油呢。

跟黃金之手隔了一陣子沒見，我說我還在油漱呢。對方回「什麼油漱？」「真假？」「牙齒變白了嗎？」這可就不知道了，唔，老實說。不過呀，一開始這個儀式之後，我發現自己就不感冒了！連流感都被我逃過，根本也沒打預防針。想來想去，這應該是油幫我把細菌排除的效果吧？更何況，油漱完後真的好清爽。我想這作法適合我的身體。

夏天時透明的油，最近開始在瓶子裡面變得白濁。天亮時的氣溫逐漸下降了呢。到了真正冷寒的時節，油會凝固得跟奶油一樣，含在嘴巴裡頭等它緩緩化開也是一種樂趣。接著在某個早晨，又會在廚房裡發現油又開始緩緩融化了。啊——，季節又轉了一圈呢。

春近／椰子油／緩融之晨

兼顧工作與家庭的活躍女性

新內閣出來了。看見那些排排站在階梯上的面孔照片，只有一個女的[13]。哎……，真是連我自己都不曉得這是在嘆什麼氣。但就是嘆氣。這社會不是說要讓女性也有活躍的機會嗎？噯，我老實講，那種講法真的很奇怪耶，以個人的角度來說，工作能力強、會做事的人，哪有什麼性別之分，只要會做事，男也好、女也好、跨性別也好，都沒有問題呀。重點是在於能不能幫大家把事情做好，而不是性別好嗎？不然光增加一些女性名額，說聲「好啦，很平等了吧？」，那也沒辦法讓人服氣呀。所以那些站在階梯上的人選，想必都是唯一無二、真正能幫國家做好那些事的人吧？如果答案是肯定的話，那就表示能擔起那些重責大任的女性就只有一位？這難道不是個大問題嗎？我們要趕快增加能做事的女性人數啊，現在可不是什麼偷偷刪減女性大學入學考試成績[14]的時候了，我們毋寧要鼓勵這些女學生穿上木屐，啪嗒啪嗒踩響木屐上學去，培養更多的女醫生、女政治家，不然我們永遠也追不上歐美那樣的男女比率吧？要說「媲美歐美」就是一件好事嗎？那當然又是別的問題了，但至少我們不是一直要往那個方向去嗎？不是嗎？

我之前演了一部講家庭主婦就業的連續劇，接受了很多採訪。每次一定會有

13. 日本內閣改組後，會站在官邸階梯上拍團體照。
14. 東京醫科大學長期偷刪減女性入學考生成績，以將女性上榜人數壓在三成以下。

人講演藝事業與家庭同時兼顧，真是太不容易了，談話節目的導播也說「如何同時兼顧事業與家庭這一點，一定會引起很多家庭主婦共鳴」。但是「兼顧」，我有兼顧嗎？我真的不知道。要說做家事的時間，我說起來有時一天拚命做到滿分，另一天根本一點也沒做。有時我穿戴金額高得嚇人的珠寶拍完時尚雜誌後，過了三十分鐘已經回到家，還帶著華麗的妝容就在浴室裡打掃起來了，連我自己也覺得很好笑。又有時候連續劇拍得太晚，下戲後趕緊衝到百貨公司地下樓，採買現成的菜色再衝去女兒的學校社團。我一點也不覺得自己在這兩樣角色間扮演得游刃有餘。

我認識一位單親媽媽不但是全職工作，還要常加班、出差，工作非常忙碌。兩個小孩還在念小學，而她非常善用保母與幫傭的協助。兩個小孩也很開朗活潑，個性很穩定。姊姊跟她媽講好了，由她負責打掃廁所，每星期六只要打掃完了就可以出去玩。像這樣的母親，我們會說她是工作與家庭兼顧嗎？會，還是不會？

那位說我兼顧事業與家庭的導播是位男士，我現在回頭想想，那時候的節目製作人也是男士、主持人也是男士，除了一位未婚女士外，其他所有人都是男的。是因為這樣觀點才會帶著有色眼鏡吧？哼，我可不想帶著有色眼鏡這麼說呢。不過我想請教一下他們，你們兼顧父親這角色與電視台工作人員這角色時，兼顧得很辛苦嗎？您成功兼顧了丈夫與導播這兩種角色嗎？

我們要幫助在外頭打拚的女性們好好兼顧她們的工作與家庭——這種老掉牙的講法我看我們差不多也該摒棄了。兼顧的方法想必多得不得了，讓站在階梯上的女人們多一點，不也是一種好方法嗎？

豆花外交

大家聽過「豆花」這種食物嗎？是把豆漿用燒石膏（字看起來不太像是吃的東西噢）或是鹽滷之類的凝結起來，有點像是不太甜的布丁。聽說中國有鹹的跟辣的，不過在台灣主要是淋上微甜糖漿跟加入一些紅豆、花生。說到台灣，什麼東西都是微甜。麵包、茶、蔥餅都是微甜。因為是南方島嶼的緣故嗎？譬如在日本。東北地區的調味就比較偏鹹。

在台北，我們去找了一家住在當地的朋友告訴我們「超好吃」的豆花店。說是在菜市場裡面，只是在市場中的哪個地方就不知道了，連Google Map也舉手投降。我們在菜市場裡頭繞來繞去，終於看到……不會就是在那條小巷裡面吧？看起來像是當地販商走的耶？結果在那昏暗裡頭找了找，還真的找到了豆花店。看起來頂多只能坐十個人吧的店裡面，已經坐滿了人，還一直有人來外帶。看來值得期待唷，於是我們也加入了排隊陣容。

好像有吃完的客人要站起來走了耶？正這麼想的時候，排在我們旁邊的老婦人忽然一個竄身就打算竄入店裡頭。我朋友立刻挺身制止——「阿婆啊，我們在排隊捏，妳怎麼可以插隊啦？」我朋友從一到台北之後，就一直以日本的關西腔走天下，不管是搭計程車還是在餐廳裡。「我們現在要坐捏，你要排隊啦」。結果那老婦人，不知是不是看我們是觀光客有點不忍心，忽然招手要我們去裡面有桌子的座位坐，她自己則跟她先生好像打算去坐在櫃檯前。啊唷，不行不行，等一下，這兩位一看不是很老了嗎？還帶著孫子，「阿婆，妳坐這邊啦」。可是老人家只是一直笑呀笑，就在櫃檯前坐好了，而且好像連我們的份都幫我們點好了（那邊就只賣一樣豆花），甚至老先生這下子掏出來的不正就是錢包！

「抹當啦抹當啦～，我們自己付啦！」但任憑我們怎麼說，老夫婦還是和氣地笑著，然後這麼開口說了——「歡迎妳們到台灣來玩」。喔喔喔喔喔——，我們被招待了！台灣好像很多老人家都會講日文。我們不知道該怎麼表達謝意，只能說「謝謝」，身邊也沒帶什麼可以表達謝意的小東西，像是千代紙阿、扇子或是糖果之類的我真是不行哪，什麼都沒帶。絲毫沒有一點熟悉人情世故的大人樣。總之，我們跟這對老夫妻就開始用筆談、關西腔，還有他們隻字片語的日文開始溝通了起來。「多謝」、「豆花美味」、「台灣愛」。老夫妻好像很喜歡日本，每年會去日本玩五趟，有時甚至還會待上一個月「自由旅行」。哇——爺爺，您根本是有錢人哪！

大笑之中吃進嘴裡的豆花真是美味至極。我們原想問一下這對老人家的名字，回去後寄上謝禮，但想想又算了。下一次在東京，要是我們看見了有什麼外國人正需要幫忙，我們也開開心心地請對方享用一道蜜豆甜品之類的吧。要是對方剛好是從台灣來的旅客，我們就告訴他們說，我們在豆花店被招待的這件美好的回憶。或許哪一天，不曉得在豊洲還是哪裡，會碰到正在「自由旅行」的這對老人家呢。也許幾十年之後，剛好是他們現在這幾個孫子們。到時候啊，就打開手機裡面的紀念照給他們看，真是很棒的阿公阿嬤呢！這樣告訴他們。搞不好這樣的奇蹟，還真的會發生呢。

馬兒與我的工作

「因為第六集委託人設定成騎馬俱樂部的老闆，會拍到騎馬場面。」這麼跟我說。我馬上噫……一聲，但心裡可雀躍了，我的興趣就是騎馬嘛。何況我是丙午年出聲的，屬馬。當年我爺爺因為開心第一個孫子出世了，還做了一些馬兒造型的擺設品分送親戚，我現在還好生珍藏。啊啊！太開心了，好期待拍攝啊，我看我去自主訓練一下好了～。不過啊其實，我有很長一段時間，對馬很有心理陰影。

那是我剛進入這一行沒多久的事。我接到了一個飾演武田信玄女兒的角色，必須練習騎馬，以便拍攝戰爭場面。劇組叫我去的那家牧場實在很遠，一點也沒有騎馬俱樂部那種給人高雅印象的感覺，就是一個馬場、馬廄，還有看起來好像工程現場預鑄屋一樣的休息室。老師面無表情很恐怖，只教了我怎麼停下馬匹，接著就是讓我一直在那兒繞圈圈而已。實在很無聊，馬兒的身形巨大又令我心生恐懼，實在討厭得沒辦法。現在回想起來，那時候老師大概也沒興趣好好指導我這個不曉得是從哪兒跑出來的臉色臭得要命的新人吧？而這年輕臭婆娘也沒意識到這點，看到老師那樣，更是躲進了自己那副冷冰冰的盔甲底下了。

就那樣到了拍攝那一天。我的抗拒當然被馬察覺了，馬兒也不想讓我這樣的傢伙騎，於是牠想，好啊，來嚇嚇她吧。就這樣，我騎的那匹馬就在壯闊的富士山腳下暴衝了。我雖然沒掉下馬，但是好恐怖、好丟臉、好可恥啊～，實在是辛酸得都不知道該怎麼辦了，連眼淚都掉不出來。於是我下定決心，這輩子再也不騎馬了。

但是就在二十幾年後，我又接到了一個演織田信長妹妹的角色。這角色是個比男子更有氣概，騎馬跑來跑去的女人，所以請妳好好練習喔。劇組這麼跟我說。我說了我對馬有心理陰影，慎重其事的推辭了，但對方卻跟我說妳別擔心，我們有人會好好教妳。說是每年都教很多演古裝劇裡武將演員騎馬，叫我安心去就好。

於是我就照著指示去了那個牧場。花草群開，像是大草原裡的一個小木屋一樣的圓木搭建的騎馬俱樂部裡，整天流洩著鄉村音樂。有個很喜歡馬兒，喜歡得不得了的很愛聊天的老闆大哥，跟一個很照顧人的婆婆。他們家的女兒每天從小學一回來，還沒換下學校的短裙就直接奔上馬背，也沒繫上馬鞍就騎著飛來奔去了。這裡是哪裡？我人在哪裡？日本？頭戴牛仔帽、腳穿牛仔靴，一副標準牛仔打扮的老師一整天都笑容滿面，親切地教我怎麼樣跟馬融為一體。當然，這對他們來說是工作，最重要的課題是不能讓演員們受傷，並且讓演員跟馬都能在拍攝的時候發揮最佳狀態，拍出精采的畫面。因此他們費盡心思，打造出一個讓人覺得舒服的環境，而在這背後，根底上是出自他們對於馬匹完全的愛。

我忍不住想，這不就是「工作」的真諦了嗎？愛、親切與支撐這一切的體力。因為並非靠善意，而是有報酬作為媒介，因此要有自律與尊敬。重要的不是職業，而是職場啊。他們的工作態度跟騎馬的樂趣讓我深受吸引，所以拍完了那部戲之後我也不時帶著全家人一起去玩，馬術也愈來愈好了……呃，理想中應該是這樣。

怎麼回事呢，因為我這幾年暑假時都在工作，沒辦法去牧場。而且他們跟我說，我學的是西式騎術，但這一次要拍的風格是英式騎術？什麼——？我完蛋了，不趕緊練習不行了。

幸福的香氣

那就好像潮汐一樣，盪啊！盪啊！靜靜地靠近你，一回神已經充滿了整個空間。

差不多從上一個的冬天開始吧，總覺得寢室裡面好像漂盪著一股味道。是昨晚喝太多了嗎？噢，對了，老公收工後跟工作人員去吃烤肉慶祝了。噯，該不會是年紀大了的味道吧？是也已經到了不能說該不會的年紀了。所以咦……，不會是我自己發出來的吧？呃啊——～。開始認真的勤洗床單，又買了香氛儀、空氣清香劑什麼的，一直試，但那味道就是還在。

就這樣，有一天我老公也皺著眉頭說——「噯，妳不覺得最近房間很臭啊？」嗚——，原來不只我，他本人也察覺了，那麼說，那不是他的味道囉？（這期《婦人公論》我要把自己寫的這幾頁撕掉才行，免得他看到。）

確認的結果，聞到的那味道的空間就在我們寢室前方差不多一半的位置。隔壁廁所跟窗外都沒有那味道。而且也不是二十四小時都有，主要是夜晚或是下過了雨之後，但是颱風來時，有時也不見得就會有味道，所以實在很難確定。就這樣過了一陣子，味道愈來愈濃了，就好像有人拉肚子上廁所後，你懷疑他廁所門是不是忘了關啊那樣的味道。那些壞嘴的國中男生會捏著鼻子喊「噁啊～」的那種。一但深夜一飄出了那種味道，簡直讓人做惡夢，我就有一次真的夢到自己在上廁所。

跟公寓管理人商量了之後，請幫我們裝修的建築師跟工務店來看。但就是在這一天。竟然沒有味道！一定是什麼莫非定律！是真的臭，讓人受不了的臭，我們絕對不是什麼愛抱怨的奧客夫妻檔啦～。

但是氣味這東西，眼睛又看不見，又沒辦法證明它真的之前就存在在那裡，也沒有辦法把它數值化。可是它真侵蝕了我們的睡眠。現在我們可是眉頭皺緊緊，一回家就趕快皺起鼻子嗅個不停，已經慢慢變成了習慣。

就在這時，救世主出現了。建築師想盡了各種辦法，找了專門檢查氣味的業者來幫忙看。他們先在屋頂排氣口的出口處倒入酒精，再到我們家拿著一個大概手掌那麼大的探測機，沿著出問題的房間每個牆面、地板、牆跟牆的轉折處貼近檢測，數值從三百升到八百、一千五，一直在上升狂飆「啊啊！這裡這裡，這牆壁後面的排氣管漏出來的」。看吧～～，我就說，我們真的不是喊狼來了的孩子啊。

於是又請工務店師傅來一次，也請管理公司到場監看，在牆上鑽了洞檢查，果然！原來是排氣管連結的地方，螺絲已經腐朽了，管子因此錯位了。「這一定會臭的啊，你們忍耐這麼久，也真辛苦了」。工務店師傅同情地說。嗚嗚——，您懂我們的苦就好～。

後來把破掉的地方用金屬扎實的覆蓋好，再把管線塞回去牆中。沒有惡臭的日子真是多麼爽快呀～！每天一回家，進門時就會聞到那種家裡平常就是會有的味道也完全消失了，看來早在我們意識到那個味道之前，它就已經侵入我們家了。幸好現在我們已經又能睡個好覺。啊真是～，舒服得讓人想像洗衣精廣告裡面那樣深深伸個懶腰呢。呼——，不臭，真是太幸福了。

讓我突然想到個好主意，可以跟那些戰國武將說——打戰的時候不用動刀動槍啊，直接用臭攻就好了。

我家的年糕湯

紅白大賽差不多開始進入高潮的時候，就在鍋子裡裝水，丟入昆布。隔天早晨點火後，痛快地往鍋裡加入大量柴魚片（沒問題啦過年哪！）煮成湯底。雞肉切條、白蘿蔔切成大約三毫米的細長條。撈出渣沫，料煮好了以後加點醬油調味，同時間把先用烤吐司機烤好的麻糬一起放進碗裡，再放上去年先燙好的小松菜或菠菜，再點綴一點紅白魚板。大人們想吃菜梗打成結的香菜，可惜小蘿蔔頭們不捧場，算了。嗯，這差不多就是我家年糕湯的感覺。大概是典型的關東地區口味吧，沒什麼特別。

我想搞不好年糕湯這道菜，正是非常典型的家鄉味代表……不，是屬於「家庭味道」的一道菜？像拉麵呀，不管札幌味噌奶油玉米拉麵、福岡豬骨拉麵或是喜多方拉麵等等大家通常都不會覺得那一種不好吃，烏龍麵類的讚岐烏龍麵、稻庭烏龍麵、關東的純黑烏龍麵，每一種大家的接受度也很高（不過關西地區的人好像無法接受那種烏漆抹黑的烏龍麵），可是一講到年糕湯，不管問誰一定回答都是「我家的」最好吃。感覺外面店裡好像很少吃得到年糕湯噢？不過我在高雅的京懷石料亭所吃到的白味噌年糕湯，那種美味讓你懷疑到說——「這什麼東西啊——！」簡直是謎一般好吃。

記得是婚後第一次快要過年時。我老公覷了一眼我的採買清單，問我說：「這豬肉要幹嘛？做叉燒嗎？」噢，那個啊，煮年糕湯要用的豬肉碎片呀。一說完，他一副好像看見了外星人一樣反問——「煮年糕湯是用雞肉吧？」咦？等等等等，豬肉吧？豬肉、白蘿蔔跟小松菜啊，醬油底。「後面那三個一樣，可是肉要用雞肉吧？我從來沒聽過有人用豬肉的。」這……——到底在講什麼？我們兩個都是東京人吧，兩邊的父母親也幾乎都是在東京出生長大，怎麼會有這種差異啊？我媽媽每到了除夕就用醬油煮好大量的豬肉碎片，放進保鮮盒裡擺在冷涼的走廊角落保存。等放涼後白豬油凝結，要用時就把需的份量舀起來放進鍋子裡，加入湯汁，煮成湯底，再放進白蘿蔔續煮。我在我阿公家吃到的也是這樣的年糕湯。所以難道說，我家吃的這種年糕湯源自於我阿公出生的仙台或是我阿嬤出生的埼玉？這麼一想，找出了全國年糕湯分布圖出來看，沒有任何一個地方是在年糕湯裡加豬肉的。尤其是關東，看起來幾乎全面都被雞肉統治。這……這，這是要叫吃了三十幾年豬肉年糕湯的我這副舌頭情何以堪哪？乾脆兩種都做好了，可是又太花時間，太麻煩了。結果最後，就這麼被迫加進雞肉加了將近快二十年。從這種小細節中，要說可以看出女性的彈性嗎，或說女性是被迫順從於家父長制呢？女人婚嫁後在夫家裡所烹煮出來的味道就該煮出夫家的味道——這個觀念如果從不同角度去想，好像已經太落伍了呢。想吃什麼味道，想吃的那個人就自己煮就好啦。

從年糕湯跟朋友講了這一堆，朋友忽然說——「噯，可是我家是白菜耶。肉用雞肉、豬肉都好，但菜一定要是白菜」。唔唔唔，她出身的山口縣岩國地區難道是白菜產地？「應該不是吧，只是我家煮年糕湯一定要加白菜，我下次再問一下我媽有什麼緣故好了」。後來她母親給了個很驚人的回答，說只有那一年加白菜呀，因為剛好沒有白蘿蔔啊。「年糕湯一定是加白蘿蔔的啊！」聽說伯母非常詫異。但不曉得為什麼，我朋友就只記得那唯一一次強烈的印象，一直在年糕湯裡加白菜。而她女兒，這十八年來則一直被白菜年糕湯餵養長大。哇——，原來傳統就是這樣發展出來的啊，太驚人了。

New Year's Resolution

今年的課題。我的就是深層肌肉。不管什麼都是深層肌肉。無論如何就是深層肌肉。

去年夏天左右就有了一點徵兆。我從床上起身的時候，或是從椅子上站起時，屁股肉都會疼。我女兒還說：「妳最近走路樣子有點怪耶，腰痛嗎？」我儘量泡熱水澡、貼痠痛貼布，有時間的話還會伸展一下身體，總之就是儘量自力救濟，但是……。

就在暮夏暑氣總算稍微收斂了一點的某一天，我這位女星在幾十名記者與幾十台攝影機包圍下接受了將近一小時的採訪。那天所提供的椅子是一張高度要上不下，讓身穿緊身裙、腳踩高跟鞋的我只有半邊屁股可以坐在椅子上，腳還得很優雅地交叉。噯，妳知道嗎？腳不是只要交叉看起來就是美腿了，腳要交叉然後斜擺，而且上面那隻腳如果只是隨意靠在下面那隻腳上的話，小腿肉會被壓出來，看起來很醜，要一直稍微懸空才行。那些專業模特兒啊，都是連腳尖都打直整個維持那個狀態好幾小時呢。哇，這資訊不錯，我也來試試看好了。造型師在我前方比出了OK手勢。酷，美腿作戰成功～！就在我這麼想的那一瞬間，一陣劇痛竄過。

該怎麼講，整個屁股肉啊，好像被一個巨大鐵製的洗衣夾夾著扭了一樣那麼痛。肌肉的那種痛，好像被雷射光束射中一樣又沉又悶。貼了痠痛貼布、按摩了也沒效，情況一天比一天嚴重，最後我甚至覺得有點悲涼了。不會一輩子都要被這種疼痛束縛了吧？那些生病、受傷的人，每天過的日子到底有多麼難受啊。光是身體不痛，這樣的一天就有多麼珍貴啊。

我帶著求助的心情去看的那位人家介紹給我的名醫，對方很果決就下了判斷——「妳沒有用到妳的深層肌肉耶」。咦咦，等一下，醫生醫生，我每天都練瑜伽或皮拉提斯，跟那些一般五十幾歲人應該不一樣吧……。「是啊，可是妳還是都只是用外側肌肉啊。妳看妳骨盆前傾，啊，妳肋骨也沒動啊。」肋骨？肋骨要動嗎？「妳要用肋骨呼吸，不是用腹式呼吸讓肚子膨脹起來，那是錯的」。咦咦咦？我一直以為是演戲基本功的腹式呼吸居然被直接否定了。「妳稍微彎腰下去看看。喔，身體很軟哪」。所以我就說啦，醫生，我平時有在運動，前彎的時候掌心還可以完全貼在地面啊，我就跟你說，我跟那些一般五十幾歲的人不一樣。「嗯，可是妳不太能後彎不是嗎？這就是深層肌肉啊。妳要是早點來，就可以早點治好，現在要多花一點時間了」。所以我就想多少要自己幫助恢復一下，比平常更認真伸展哪……。「妳不能硬拉筋去擴展可動範圍喔」。

嗚呼哀哉！真是完全出乎我意料之外。我在新年聚會時跟朋友們講起了這件事，一整群「一般的五十幾歲」群起向我發射砲火——「妳那樣講對一般的五十幾歲也太沒禮貌了吧！」嗚呼哀哉再一次。是啦是啦，我本人也是一般的五十幾歲啦，可是我才不是這樣就會投降的五十幾歲唷。於是如此這般，這個新年初始，再度決心鍛鍊我的深層肌肉。

這樣迎來了一個再度決心鍛鍊深層肌肉的新年初始。

女人的高跟鞋

英國皇室開了IG帳號之後，我時不時就上去檢查一下女王跟王子們的時尚打扮，在下其實還滿愛追星的。

最近引人注目的，當推梅根王妃了。預計春天生產，因此現在應該已經懷孕第七、八個月？雖然已大腹便便，但仍以一身緊身洋裝亮相，腳下依然踩著細跟高跟鞋到處跑，好帥。有報導說她的高跟鞋令接待她的人嚇了一跳，但是放棄愛穿的鞋款所造成的壓力，搞不好反而對胎教還比較不好。

除了肚子外，她全身上下體型都沒變嘛，尤其是那雙美腿！那雙筆直修長得跟長鬃山羊一樣的腿，難道都不會浮腫嗎？我懷孕的時候，腿腫得跟魔法使莎莉一樣，只能穿球鞋，而且還要大一號。

本來我就不太會穿高跟鞋。二十幾歲還沒懷孕的時候，有時拍片一整天都要穿高跟鞋，一天下來真的腫疼得受不了。休息時間又冰敷又按摩的，但還是腫，變成跟穿不下鞋子的灰姑娘她姊姊一樣。

因此我平時私底下並不穿高跟鞋，但是工作時沒辦法。去年下半年接演了個一直穿著高跟鞋昂首闊步的女人角色，穿得我提心吊膽的，但出乎意外，這世界就是這麼奇怪，竟然沒事。我穿了一整天也沒水腫，小腿也沒抽筋，也不累。大腿前側也沒緊繃得難受。這一定是我這十年左右認真做著瑜伽跟皮拉提斯，練出了核心肌力的功勞。原來身體是可以改變的，我今後就是個可以穿著高跟鞋的女人了~，呵呵呵。太開心了~。高興得太早了，後來我就腰痛到不行跑去看了骨科。

骨科醫生除了說我深層肌肉不足外，還講了另一個令我大受衝擊的發言——「妳是那種不適合穿高跟鞋的身體耶！」什……什麼！結果好像說每個人骨盆形狀跟角度，還有身體重心擺放的方式會讓人分成適合穿高跟鞋的跟不適合穿高跟鞋的。我的骨盆跟我習慣重心擺在後方的方式，就是不適合穿高跟鞋的那一種。但譬如說我家女兒，她社團活動傷了膝蓋的時候我也帶去給同樣一位醫生看，醫生卻說她骨骼雖然跟我相似，但她重心的擺放方式不一樣，所以穿高跟鞋對她的身體來講反而比較輕鬆。什麼啊！竟然有這種事？所以黛薇夫人或是芳村真理女士還有其他穿著高跟鞋帥得不得了的那些前輩們，她們都有一副適合穿高跟鞋的身軀囉？噢，還有JUJU！當然她本人應該也很喜歡穿高跟鞋啦，但肯定是穿高跟鞋的時候，她覺得身體比較輕鬆自在吧。

這樣一想，我現在想起來的這些穿起高跟鞋很美的女性，她們都擁有一雙不像日本人的美腿。果然高跟鞋就是適合歐美人士那樣的骨架吧？就像一開始時提到的梅根王妃那樣。

但我就是被說不行的話，我就會特別想試的那一種。我現在可是對自己曾經宣稱我喜歡的是傳統時尚，所以不需要高跟鞋的自己，燃起了熊熊的挑戰鬥志呢。

體貼卻難以做到的小事

環狀八號線，世田谷附近。人在車上開車。不曉得從哪裡傳來救護車的警笛聲，有點心慌。前面嗎？還是後面？啊——，後照鏡中看見了閃爍的紅色警示燈。平日正午過後的環八交通流量極大，但所有車子還是順暢地往前跑，一點也沒打結，以奇蹟般的速度，像是日本體育大學著名的「集團行動傾向」一樣，一旦有人腳下一頓，感覺整個就會崩垮一樣的狀態。

啊，要把車道讓出來給救護車才行。應該要把車子靠左，可是偏偏我正開在三線道的最右側，所以我直接靠右，把中間車道讓出來才比較好吧。其他車子，大家都有共識了嗎？咦，我注意一看，竟然！沒有半輛車子減速，別說變換車道了。沒有半個人踩下煞車。紅色警示燈一直卡在很後面的地方。怎麼感覺最近好像很常碰到這種狀況啊？

喂喂！大家，是救護車耶？警笛正在響耶？根據道路交通法第四十條，緊急車輛靠近時，必須將道路讓給緊急車輛。沒錯吧？違反者會被處以六千日圓的罰鍰。可是並不是說因為會被罰，所以大家才要讓路喔，而是這根本就是道德問題吧？還是基本禮儀？自己的車擋住了救護車，大家都不覺得怎麼樣嗎？還是都有什麼不能把車速降下來的緊急狀況？不過就二十秒或三十秒而已。噢，可能有人副駕駛座上正載著快臨盆的太太，必須飛車到醫院連一秒鐘都不能耽擱，緊急狀況不下於救護車。那樣的話，別顧慮，快點飛車去吧。還是不快衝去廁所就要漏尿了呢？如果不是這樣的狀況，禮讓緊急車輛先行的話會怎麼樣呢？

後來急救員受不了了，廣播「緊急車輛將進入交叉口」，終於稍微讓出了一點空隙，救護車轉進了首都高速公路。我也要走那條路，其他也有幾台車也慢慢跟了上來。咦，它在「普通」車道繳費耶？救護車沒裝載ＥＴＣ嗎？結果裝了ＥＴＣ的我反而比救護車先出了收費站，又開在了它前方。這次我馬上靠左以最慢速度行駛。請請請，您先走。多保重啊。

小學畢業冊上有一段老師寫的話，我一直記得。「體貼卻難以做到的小事。撿起走廊上的垃圾。」掉在走廊上的垃圾，誰都有能力去把它撿起，並不困難。不用很會運動，也不用很會念書，也不花什麼時間。只要停下來，伸出手就可以了。可是實際上，沒有幾個人會真的去把它撿起來。畢竟又不是自己丟的，有別人會去撿吧？沒人撿的話也不會怎樣，又沒規定一定要撿。

這並不因為有規定，所以才去撿，也不是為了誰去撿。而是討厭看見垃圾而不撿的自己。這份厭惡感會像灰塵一樣不斷累積下來，最終某時某刻把自己淹沒。所以大家要意識到這件事，當一個好好對待自己的人——老師當年想告訴我們的是這個吧？老師啊，太厲害了！太深奧了！當年感動了年幼的我的那句話，如今又隨著紅色警示燈甦醒了過來，終於讓我臉上稍微綻放出了一點笑靨。

在清邁做瑜伽

機緣巧合，有了一趟清邁行。跟一個認識了十年，但別說一起旅行，連一起吃過飯都沒有的女性朋友，有機會一起出門。對方是位瑜伽老師。清邁有很多瑜伽僻靜營，我到了當地後雖然還有另外的行程，但其他時間我們一起去做瑜伽吧。就這麼成行了。噢對了，僻靜營（retreat），就是在遠離塵囂的大自然中做瑜伽等等的活動，讓自己身心得到療癒的場所。

清邁是個小城市。往昔是王朝首都，因此正方形的舊城區四周還殘存著七百年前的城牆遺跡。要是這邊靠海，應該一下子就蓋滿了巨大的度假村了吧，但還好清邁位於泰國北邊山區，還保留著恰到好處的鄉間氣息。似乎有很多背包客跟退休後長期旅居在此的白人，空氣中飄散著一種嬉皮味道，所以瑜伽才在這裡這麼盛行嗎？我也不是會去印度修行的那種追求瑜伽，追求到了會去印度修行的人，所以這兒對我來說剛好。

我們去的第一家僻靜營位於巷子後的一片開闊土地，錯落著幾間平房，給人感覺像是以前的小學校舍。一些熱帶植物繁茂舒展。這地方，感覺氣很流通。大馬路上那樣車流不斷，但這裡卻清淨得只聽得見小鳥啼唱。院子前頭有一群人正在緩緩打著太極拳。「妳們好，是來參加十點半的課程的嗎？那麻煩先把課堂費留在這裡，請先在那邊稍待一下。」於是我們在長椅上坐下，閒閒地看著人家打太極拳。這種閒逸、這微幽的花香、樹葉間灑落的陽光。哇——這也太奢侈了吧這，完全不是什麼超奢華的地方，非常隨意馬虎，但這地方拍起來一定很美吧？

要是每天早上能隨意就晃過來做瑜伽，做完就去工作，我一定會變成非常健康非常快樂的人吧？

去的第二個地方，是在一片高級住宅區（我們決定喊那裡叫做「廣尾」[15]）的大公寓裡面一間瑜伽教室。老師是一位美人，身形很美。來上課的那些女士也都穿得很時尚，是一群「很講究打扮的美魔女軍團」。有看起來像韓國人的人，也有很瘦的白人。從傳來的那些英語交談聲中，感覺這裡好像有很多外國貴婦，果然不愧是「廣尾」啊。

最後去的那間，名字是英文拼音，聽起來有種日本調調。果然經營者是一位日本女性。說是在清邁住了十五年了。不過她完全沒有那種旅居國外的人身上會有的那種氣息，感覺就是你在東京街頭會看到的，一頭微捲的飄逸長髮，肌膚非常光滑剔透的樂活美人。剛才教我們瑜伽的那位感覺很像是印度人的帥哥，原來就是她的未婚夫。她說他們在考慮把這邊收了，搬回日本。然後兩個人想在日本重新開一間瑜伽教室。真好，感覺好自由啊。他們說想回來日本的理由之一，是因為父母親的年紀大了。雖然接下來的路應該不輕鬆，但人生能這樣順順換個跑道，不用執著在原來的狀態，也不會灰心放棄，想必接下來一定也會很順利、很開心的——我們微笑著跟他們說。（更何況，還是跟心愛的人在一起呢）

那要是能在日本哪個地方的瑜伽教室再碰到你們，就太好了。說完，我們就離開了那裡。沒有確切相約。有緣的話，一定會再相聚的。這就是旅行的奧義啊。

15. 廣尾是東京澀谷區的高級住宅區。

在清邁做瑜伽
——其二

因為機緣湊巧一起去了清邁旅行的同伴，是我女兒同學的母親，已經認識了十年。在學校時常碰到一起聊天，但從來沒有跟她兩個人一起吃過飯，更別說旅行了，算是一種「咦，我搞不好其實跟她不太熟？」的關係。由於真的是臨時決定去清邁，「剛好碰到農曆年，可能訂不到房間喔」，所以趕快慌慌張張訂好旅館，直到出發前我才忽然想到，「我跟一個不太熟的人睡同一間房，真的沒關係嗎？」開始有點擔心了。

旅行說真的會看得出一個人的性格。出乎意外很纖細，或是出乎意外很粗枝大葉、打包的方式、洗澡習慣、在路上走路的速度、喜歡的氣溫、忽然碰到什麼事情時候有多沉著（或是多狼狽）等等。而且通常感覺會看到一個人在東京生活時，看不到的另一面呢。

這就讓我想起了二十幾年前的一段慘痛的經驗。我跟我以為是自己很要好的朋友一起去了巴黎玩。我們兩個都是瘋狂熱愛巴黎的巴黎瘋，我想一定會玩得很開心吧。可是一到了當地，我馬上就發現她是個不會看地圖的女人，而我呢，則是個要把旅遊指南翻到爛，永遠要知道自己正在地圖上哪個地方的令人厭惡的地圖女。於是一到了當地，馬上就是我負責交通事項。我們逛完美術館之後，先去麵包店，然後去看鞋子。這麼一決定後，我馬上盯著地圖、地下鐵圖與公車路線圖，想找出最佳路線（那是個還沒有Google Map的時代）。當然，這是我喜歡做的事，無所謂。可是啊，我朋友什麼也不思考，就一直跟在我後面，公車站在哪裡啊？我們要搭哪一班公車？在哪裡下車啊？咦～，我們不是先去看鞋子嗎？所以我跟妳說啦，我們先去麵包店，之後再去看鞋子啊！我漸漸地開始有些不耐煩，但同時間，我朋友也對不太會算錢、總是說午餐費用晚點再算，而且隨便算就好了的我也逐漸不滿了起來。真沒想到會這麼合不來耶。我們是沒吵架，但是回到日本以後，就逐漸疏遠了。

算了算了，要是到時候不舒服，我就自己再訂一間房間就好了。我心裡打定這樣的主意，出發去了清邁。但結果，我那個同房的室友啊，竟然是一個很爽快的人。「妳先洗吧」不是客套話，而是「我累了，我明天再洗」。像這樣的感覺。我們兩人都短髮一族，很方便。瑜伽服又素顏，出門前超快。同時間，她給門僮小費時非常熟練俐落，啊——，剛好是我不擅長的地方。而她呢，也很高興，「保奈美～，妳居然能跟計程車司機溝通，實在太厲害了！而且還用日文！妳怎麼會知道我們現在這地方是哪裡啊？」於是我們就這樣在露台上喝上我們從日本帶去的白酒，聊著喜歡的搖滾樂團跟電影，講起年輕氣盛時的瘋狂事蹟、喜歡的類型隨著年紀有什麼改變等等，還發現我們娘家其實離得很近，搞不好我們國中時曾經在路上錯身而過也不一定呢。就這麼聊啊聊啊聊到了深夜。

難道是她是瑜伽老師的關係嗎？瑜伽的精神——正視自己、接納自己，接納他人、讚美他人——還是我也稍微接近了一點了嗎？搞不好只是我年紀大了，沒那麼多稜角了。那也不壞。我要感謝她給了我這個機會。從清邁回來後，我們又恢復了原先那樣清爽的人際距離。但是我們度過了很棒的一段時光。非常、非常棒的一趟旅程。

愛護地球

來京都拍古裝劇。目前狀態，就是正在京都的飯店桌子前寫著這份稿子。回頭看，後面是一張鋪著全新床單的床，床上輕輕擺著一張卡片——「親愛的顧客，為愛護地球環境盡一份心力，若您欲更換新床單，請將這張小卡擺在床上。若未放置於床上，我們將以同一張床單為您鋪床」。

通常這種卡片常見的寫法是「若您不欲更換新床單，請將卡片置於床上」。我有時候也想環保一點，請他們不用幫我更換床單，可是卻忘記把卡片擺在床上。等回到房間一看，哎呀呀——，已經又換上一張了。變成這樣的情況。所以這家飯店就換一種作法，請客人離開房間前先想一下，如果想換就要主動表示意思。我覺得這樣很棒耶，很聰明。這就是——「如果您急著出門或是無意間忘了把卡片擺在床上，我們是不會幫您更換新床單的唷」。

我自己平時也會在能力可及的範圍內，盡力舉手做環保（我覺得啦）。比方說自備溫開水，帶著保溫瓶出門。有時候在外頭免不了買了瓶裝飲料，也會帶回家撕掉標籤，放在購物袋裡。那些裝魚、裝肉的保麗龍盤、牛奶盒之類，我也會洗乾淨擺在一起，等去超市時拿去回收，也確實掌握了自己行動範圍內的哪家超市設置了什麼回收站。購物時當然自備購物袋。不只上超市，我連去書店、買化妝品的時候，甚至我前一陣子去北野天滿宮買了護身符的時候，也跟人家說不用給我袋子喔。煮飯的時候，因為儘量不想浪費保鮮膜，我改用手帕蓋在還沒處理完的食材上面。孩子們從學校拿回來的各種通知單，我也裁切便於隨手寫字時使用。

我因為工作關係，化妝時很容易就是會消耗大量的化妝棉跟面紙。晚上拍戲的時候，總會擔心哇，這麼大的用電量……。當然也不是說我這樣很怎麼樣，只是個人會盡力減少資源浪費。

所以床上那張卡片，我其實是很想直接把它收進抽屜裡，抬頭挺胸地表示我繼續用昨晚那張床單就好了啊，完全沒問題呀~。

可是住飯店的樂趣之一，不就在於那洗得白淨淨、鋪得有稜有角的床單了嘛。當然地理位置、安不安靜、房間燈光、熱水的水壓強不強也很重要，不過若說飯店跟我家有什麼不一樣，我想就是那乾乾淨淨的床單、毛巾這些布巾類的用品了吧。我們家可是五口之家，還住在公寓裡，每天頂多只能洗一個人份的毛巾床單。要把全家人的統統洗完，再怎麼樣也要一個禮拜。還要看天公作不作美。萬一工作又剛好很忙，那就更久了。沒有辦法呀，只能至少洗洗枕頭套。

所以鑽進飯店那平滑而沒有半條褶痕的被子裡，對我來說是至高無上的幸福時刻。尤其是穿戴著重量級的假髮跟古裝，認真工作了一天，整個人腰瘦背痛之後，我想這一點小小的任性應該是會被允許的吧？我明天早上出門的時候，會把這張小卡擺在床上——依照我的意志。表明我的意願。

京都獨遊

因為工作的關係而在京都待了一陣子，忽然有了一整天空檔時間。我問了同劇組的其他女明星，這種時候她們都怎麼過，居然跟我說會在飯店靜靜看點書，或是沒幹嘛就一整天躺在床上滾來滾去。嗳，大家真的拍戲時都太認真了，全副心神都投注在了拍戲上嗅，所以沒上戲的時候就想完全放鬆，哪像我會想著要去哪裡玩、要做些什麼。但我也不是要去觀光啊。我就是靜不下來嘛。這世界還有那麼多我沒見識過的事物、沒吃過的東西。我可以去運動，長點肌肉。也可以跟誰碰面，聽聽別人講話。我這一天所得到的，搞不好也可以化成養分，回饋到隔日的工作上嘛。我真是捨不得不做些什麼，坐立難安。這算是我太看不開了嗎？

結果去了一趟我一直很想去的北野天滿宮。天空看似快要下雨，沒什麼人，連有名的梅苑都讓我一個人獨享了。梅花已經開始謝了，可空氣中飄散的梅香濃郁得令人驚喜。平安時代的人一定覺得這兒是令人驚嘆的香氛勝地吧。我幫我女兒們買了保佑她們社團活動順利進步的平安符。之後又去片場妝髮師告訴我的專門保佑腰腿強健的護王神社，給另一半買了腰痛痊癒的護身符。

每次來京都時必訪的聖地——樂美術館——這天當然也去了。總想著有機會一定要好好介紹這個地方。這邊小雖小，但這個空間裡所有細節中無不具現了美感，且處處隱匿著一種細膩的童心意趣。同時這地方又能點醒你，叫你領略到一些生命的哲理，每次來總是感覺心都被洗滌了。

逛了一直想去看看的地方，又去樂美術館欣賞了我非常喜愛的樂茶碗，心情好得不得了，一回神已經傍晚了。明天還要拍戲，還是早點回去吃晚飯，早點上床睡覺吧，我心想。但心情實在太好，竟又推開了某家我一直想去看看的葡萄酒吧的大門。唷唷，大冒險耶。

這家店是每次都傳授我葡萄酒知識的老師告訴我的，他說有些很罕見的高級香檳在那家店裡提供，可是只可以點一杯喔。一個人上酒吧，心情不免緊張，香檳一入口，嚇了一跳。這也未免太好喝了吧。我忍住想大口開喝的衝動，緩緩品嚐。「請問您要搭配點餐點嗎？」遞到我面前的菜單上，樣樣菜色看起來也都誘人好吃。漢堡與義大利麵？兩樣都吃會不會太多啦？「噢喔，您一個人。」那麼我就單點漢堡吧。點完了菜後，送來的居然是兩樣，同時為了我特意做小一點的漢堡與義大利麵。哇——，這真是太貼心又太高明的服務了（而且那漢堡的滋味好而不膩，就算是完整一份，我看我也會吃個精光）。

更別提那漢堡與義大利麵的蛤蠣、芝麻葉的香氣之濃郁！讓我想起了網球選手喬科維奇的一段話。他說他很努力透過嚴謹的無麩質飲食打造身體，但是真正重要的，並不只在於你吃什麼，還在於怎麼吃。專注於眼前的食物滋味、香氣與口感，才能讓這些食物的營養真正被身體吸收，並且不但能強健你的身體，更能滿足你的心靈。一個人在酒吧的吧台前不免有點緊張的我，出乎意料全神貫注於那美味的漢堡上。

少而精。意思就是這樣吧。我心滿意足的回到了飯店，明天也加油吧！

襯衫季節

花寒、花曇、花散[16]。天氣一直還是這麼冷哪。正這麼心想著，忽然間就葉櫻[17]了。好快啊。不用把手腳包緊緊也能出門的天氣了，或著說包起來還比較熱呢。身體的體溫調節機能真是愈來愈弱了——這麼感慨著的今天早晨。

細數那些自己無能為力的事，數得唉聲嘆氣也沒用。胸前都不用包起來了，那麼就是襯衫的季節來臨了！嘿唷，高領毛衣再會啦～一陣子不見到你了。這是把袖口捲起，露出手臂，感受春天空氣的時節了。而這麼一到了襯衫的季節，我這人啊，就自動轉換成燙衣服的季節。

能把剛洗完皺皺的襯衫，穿得率性灑脫，那是酷中之酷，不過我覺得啊，把衣服洗得皺得剛剛好，實在是非常難的一件事。假設很幸運的，洗完後真的皺得非常美，但那樣的襯衫，配上五十幾歲肌膚鬆弛的人身上，真的會是互相映襯嗎？還是皺紋加皺紋，慘不忍睹？妳還好嗎？沒事嗎？累了嗎？有睡飽嗎？噯，不會變成那樣吧？好吧，但年輕人穿起皺皺的襯衫來就很好看嗎？姑且不管這點，我家女兒買的那些快時尚的輕薄襯衫，我仔細一燙，也滿帥氣的。所以我忍不住就燙個不停了。但這可是很耗時間，一看見她們放假沒事在家裡時居然也穿著我好不容易燙得漂漂亮亮的襯衫在那邊滾來滾去，心裡忍不住就一把火。喂喂

16. 花寒（花冷え，櫻花綻放時的寒冷天氣）、花陰（花曇り，櫻花時節的陰天）、花散（花散らし，櫻花盛開時節的春季風暴）。
17. 葉櫻：櫻花剛落，嫩葉初長的櫻樹。

喂，妳們考慮一下經濟效益好不好？我時薪多少妳們知道嗎～？

我很喜歡漫畫家渡瀨政造的《Heart Cocktail》裡頭那位年輕人的故事。那角色是個年輕上班族，獨居，週六時會洗好一整個禮拜份的襯衫。天氣清朗的午後，燙著曬好的襯衫，唱盤上播著活潑的爵士樂。把五件襯衫仔細摺好。額頭上已經稍微有些汗。啪——地一聲打開啤酒，慰勞一下自己。簡單地快速炒點蘆筍之類的。咦，他那位每次一定會出現在《Heart Cocktail》裡的女朋友呢？怎麼沒來？不會是分手後要揮開心頭寂寞，才刻意開朗地洗襯衫吧？還是她等一下就會帶著紅酒跟披薩來了呢？算了，想太多對腦袋不好。總之，我也是週六下午燙襯衫那一派，洗燙完後的滿足感再來上一杯，最是好滋味～。

第一次去巴黎的時候，我看著那些路上婦女的穿著打扮看得目不轉睛。回到日本後我就想，到底是哪裡不一樣啊？啊，對了！我想到了，襯衫！日本女人年紀愈大，就愈不常穿一些料子挺拔的服飾了噢。開始改穿針織衫啦、編織衫啦，而且還是中性色系。但在法國，女人就算年紀大得都已經是老婦人了，還是照樣穿著漂亮的藍色、紅白線條等等的襯衫。在那曬太陽曬出了明顯皺紋的脖子旁，襯著挺拔的襯衫領口，真是說多帥就有多帥。我那時還心想，我也想要變成那樣的老婦人。

人生到了這歲數，什麼不喜歡的都不想勉強自己了，接下來只想過得輕鬆自在。但老是穿著寬寬鬆鬆的針織衫，貪圖輕鬆過頭好像也有點少了什麼喔。燙衣服的那種麻煩，正是絕佳的調味劑。襯衫要穿得好看，得要有背肌，這也是我給自己的要求呢。

選民的想法

前幾天電視新聞裡，報導了一則某地方女性市議員的消息。這位市議員是位三十幾歲的單親母親，有位正在念國中的女兒，說希望她能去參加她的畢業典禮。這很自然啊，當然會這樣想。但那天市議會裡要開會，她從當上了議員之後從來沒有缺席過，所以她跟女兒說，抱歉我不能去。結果至今為止從來沒有抱怨過母親太過忙碌的這位女兒居然哭了。這位議員很煩惱，去找其他女同事商量。同事跟她說，沒關係啦，妳就去參加啊。不過這位議員並沒有問過男同事的意見。她在猶豫了很久之後，跟議會遞出了缺席通知，穿著和服去參加女兒的畢業典禮了。穿著水手服的千金很開朗地笑著說，那天她跟媽媽一起嚎啕大哭了。真是好美的一對母女啊。真是令人感動得眼淚都被逼出眼角了，我現在想起來，還是有點鼻酸了呢。

好吧，這則新聞所要傳達的，應該是女性議員在工作與家庭的兩難狀況中，依然努力奮鬥的身影吧？呵呵呵，出現了。職業婦女的工作與家庭兩難。母親很辛苦耶，跟國外比起來，日本的女性議員佔比非常低。現況就是我們雖然也很努力提升女性比例，可是女性的這種工作與家庭兩難兼顧的難題就是始終存在。這一類的。喂喂喂我說你們等一下，這問題難道是單方面屬於母親的嗎？小孩子的畢業典禮，是母親專責就是了？

這位議員，為什麼沒有找男議員商量呢？會不會是因為她心想，反正男議員一定會說為了國中畢業典禮這種「小事」，妳要缺席重要的公職會議嗎？根本不會正視她的煩惱，搞不好還會貶低一句「所以女議員哪就是……」。所以我好奇啦，難道沒有任何一位男議員家裡有念九年級或是六年級的孩子嗎？市議會全由一群不用煩惱小孩教養問題的歐吉桑掌控是怎樣？啊呀，講過頭了，我真是沒禮貌。呃……，假設議會裡也有議員是爸爸，那麼這位爸爸碰到了小孩的畢業典禮跟議會行程正好撞期，他會怎麼做？是絕對以工作為優先嗎？還是根本就不會煩惱，反正是「這種小事」？

這才是我們希望能夠深入探討下去的重點噢。首先，難道跟小孩子有關的事情都是母親的專責嗎？再者，議會行程絕對比小孩子的畢業典禮重要嗎？上新聞的那位女議員剛好是單親母親，但就算是單親父親或是雙親家庭的父親，也可以抬頭挺胸說：「我想去參加我家小孩的畢業典禮啦～！」而社會也應該要能夠提供這樣的自由與彈性，而且說起來，那位看起來很穩重的議員千金所念的國中，怎麼看都是市立的學校，那麼既然是同一個城市底下的體系，應該可以調整一下行程，別讓重要的儀式舉行的日子撞期吧？這可不是只為了那一名議員而已，我相信這一定會對整體市民帶來好處。

現在國家換個年號，全國上下鬧鬧騰騰，還一連放上幾天假。既然這樣，去參加自己小孩的畢業典禮，也應該可以大大方方請個半天假啊。要是有人說不想因為小孩的畢業典禮請假，我想周遭人都應該要推他一把，說你到底在說什麼啊，這麼重要的日子，應該要出席啊。這才是認真參與地方育兒政策的作為啊，不是嗎？而小孩子也因而能感受到，噢，身邊的大人是真的很開心他們成長又進入了新一階段，這就是在培育下一世代呀。為了孩子的行程而不得不缺席議會並不是什麼辜負市民的作為，毋寧說，這是體現了我們所投下這一票的價值方式。我希望我自己身為一個有選舉權的公民至少能認知到這份價值。

III

我叔叔

不知道什麼樣的天降好運，忽然收到了亞曼尼先生邀請，問我要不要去看秀。就是那個秀啊，時裝秀，雜誌上跟新聞上看得到的那種，《VOGUE》的知名總編跟好萊塢女星啊、超模啊都會去看的那種秀。穿著普拉達的惡魔啊。

妳應該很習慣那種華麗場面吧——讀者是不是都會這樣誤會呀？我每次在專櫃看見好漂亮的長禮服都忍不住嘆氣，就想到底是什麼樣的人會穿著去什麼樣的場合啊。專櫃的服務人員就會在旁邊說，「這件很適合妳耶，有什麼稍微正式

這對姪女真孝順。「妳們叔叔一定很開心吧，他今天也有來秀場嗎？」一問，羅貝塔姊妹當場楞住，「當然啊，他現在正在後台忙得團團轉呢，忙最後上台前的準備」。

咦？這個意思是？羅貝塔姊妹的叔叔正是那位亞曼尼先生？她們兩個在大師身邊擔任左右手？哎呀，早說嘛——！

我冷汗還沒乾，秀已經開場了，看了好多絕美的衣服。最後一身天鵝絨西裝的亞曼尼先生出來謝幕，秀場響起一片盛大歡呼。亞曼尼先生精神抖擻，神采奕奕，根本半點都不是什麼要趕緊完成「生命消逝前，想去看看的地方」的人。我拚命拍手，只想趕快拍掉那丟臉的誤會。

麵線縣

朋友來跟我炫耀——「我去了烏龍麵縣（香川縣）啦！」噢喔，這是第幾位了啊？這幾年，東京女士們時興的小旅行，已經不再是擠滿外國遊客的京都，吵著要去日本環球影城的孩子們也都大了，大家忽然改跑瀨戶內。「那些島超好玩的～，對啊！就是那些藝術類的，直島啊、豊島啊，然後逛一逛還可以過個港口去高松看看藝術家的作品，野口勇之類。不過最讚的還是烏龍麵啦！」喔喔喔，那個好像製麵場的地方自己弄的那個嗎？水龍頭真的會流出醬汁嗎？「嗯，也不是每個水龍頭都會流出醬汁啦，不過烏龍麵真的超讚的。看是要加蛋還是任選配料，然後麵上面！放一條這～麼大的炸竹輪耶！而且很便宜～」。聽到我都快流口水了。現在想起來，光是這樣打字下來我都已經覺得我的肚子好像蠢蠢欲動。真好耶，美食之旅。真希望我最近也能來這麼一趟。噢，不過我對烏龍麵沒什麼興趣，我個人完全是細麵線派的，所以那個自己弄上面還會放一條炸竹輪的那個，可不可以讓我改成麵線哪？

我就是喜歡吃細麵。拉麵一定要選博多拉麵的細麵條，不用是博多拉麵的豬骨湯底沒關係，醬油湯底也無所謂，但就是那個麵一定要細。蕎麥麵的話，比起粗的田舍蕎麥麵條，我更愛細的更科蕎麥麵。義大利麵則當推天使髮麵 capellini。雖然天使髮麵是用在冷麵上的，但如果有哪家餐館是用天使髮麵做蒜香辣椒橄欖油義大利麵，我絕對會一直往那家跑。當然用天使髮麵不好操作，因為麵太細會黏在一起，煮起來像沖繩雜炒的麵線版一樣。我之前在家裡煮熱的番茄義大利麵時，不曉得為什麼發呆下錯了麵條，等到吃完洗盤子的時候，才驚覺我用錯麵條了。不過反而覺得咦，怎麼今天的麵比較好吃啊，還挺滿意的。吃涮涮鍋或海鮮什錦鍋的時候，我也是狂吃粉絲那一派。

不過細麵線還是永遠絕對的王者。薑泥、鮮蔥、切絲紫蘇（不久前我還特意切～得像細線那麼細，真是好吃到自己都感動）、茗荷、碎芝麻、海苔。如果還有拌了小蝦子的炸什錦，真是夫復何求。或是溫泉蛋配上一滴滴辣油也很好。把冰箱裡剩的普羅旺斯燉菜淋上去，加點羅勒跟橄欖油也是好滋味。夏天時，我常做涼拌炸菜。茄子啊南瓜、秋葵、蓮藕或杏鮑菇什麼的直接下去炸，泡在鰹魚醬油露跟醋醬拌好的醬汁裡。等到第三天左右，把還剩下的泡得軟軟的青菜盛在細麵線上。這一道菜色在我家啊，可是絕品佳餚。然後家裡其他人不在時，我一個人會偷偷大快朵頤的，則是泰式咖哩麵線！我會把泰式咖哩調味包淋在大碗公裡的細麵線上。我老公喜歡吃涼麵，常吃第一口就喊著他捨不得吃完了，但對我來講，泰式咖哩麵線才是至高無上的幸福之味，我才捨不得泰式咖哩麵線吃完的那一刻呢。我大概可以每天吃麵線活下去。

咦，對了。瀨戶內海的小豆島不正是細麵線的知名產區啊。所以烏龍麵縣～你們可不可以有時候把烏龍麵改成細麵線，推出一下細麵線版嘛～？

鋼琴與我

幼稚園大班的時候，我媽跟我說，妳在芭蕾跟鋼琴間選一個，於是我選了鋼琴。阿公為了我這長孫豁出去，大手筆買了一台電子琴。喜出望外的我，於是就這麼開始了練琴生活，不過可惜我卻不是一個認真的孩子。幾年後搬了家，換了個老師，更是不愛彈琴了。那時候要自己搭公車再走路，花四十分鐘去住在大型集合住宅的老師家學琴。那是個很嚴格又不愛講話的老師，我不記得我除了您好跟再見之外，曾經跟那位老師說過什麼話。我很羨慕我朋友小矢。她的鋼琴老師好像很開朗，除了哈農以外也會教他們彈其他曲子，小矢也在那裡跟其他同學玩得很開心的樣子。對我來講，去老師住的大型集合住宅區學琴讓我覺得很痛苦，於是上了國中後，藉口社團很忙，就不去學琴了。剛好練完布爾格米勒第二十五首練習曲的時候。

時光飛逝，我生了女兒後，她們也開始學琴了。接著剛上國中的時候，因為籃球社跟排球社都很忙，也都放棄了學琴。我以為她們也重蹈了我的覆轍，沒想到女兒上了大學後，有時興頭一起會一心不亂地坐在鋼琴前彈些《俘虜》的主題曲或其他的，一彈就一個小時。彈完後一臉清爽地說，「啊～好舒服啊～」。看來這是她的紓壓方式，真是找到了跟鋼琴好好相處的方法呢，讓我不禁欣羨。

NHK有個BS衛星節目《車站鋼琴》，重播時間總是在半夜或傍晚之類有點奇怪的時段，從來搞不清楚它到底什麼時候重播，但有時候剛巧看到了就會覺得很開心。也許在倫敦，也許在阿姆斯特丹或布拉格車站，也許是在希臘小島的機場中，靜靜擺放著一架鋼琴，不管是誰都可以過去彈。闔家旅行中的小學生彈了練習曲。戴著鼻環的龐克少女彈了貝多芬。物理學教授彈了爵士。追女朋友從東歐追到了異鄉卻被甩了，之後也沒回故鄉也沒就業，連今晚要睡哪裡都不知道的年輕人彈了〈波西米亞狂想曲〉……。像這個樣子，鋼琴與人生，以各自的方式交會，在人心底激起了漣漪。

看了這節目後，我忽然非常非常想彈鋼琴。我以前也是練過的！忽然好想這麼喊。速速上亞馬遜網路書店找了鋼琴譜。我一直希望自己哪一天也會彈的、一直很嚮往的曲子是蓋希文的〈藍色狂想曲〉，以前也買過琴譜，但是第一段那從低音嘟嚕嚕嚕滑到高音的滑音就讓我看著看著就放棄了。所以我輸入「自己一個人也能彈的簡易爵士」、「小孩子的蓋希文」搜尋，買了兩本琴譜，在家人不在的午後（拜託，很害羞耶），多年之後再度坐在鋼琴前。噯，按下琴鍵真的好緊張耶。我此刻的心情是《交響情人夢》？還是漫畫《蕭邦常伴左右》呢？

哎呀、哎呀。手指不靈活耶。不靈活到了悲傷的程度。以前練哈農的練指法時，感覺無聊到快睡著，但我現在知道它的重要性了。哼，既然知道，就會好好面對。總有一天，當我隻身前往歐洲旅行，碰巧在車站內看見了一架鋼琴。我輕快把包包放在腳邊，流暢地就彈起了蓋希文。最後我以眼光朝來來往往對著我拍手喝采的人群致意，搭上了列車。嗚——哇！這光想就帥爆了～。

擦拭

「媽，妳覺得我這應該可以開了嗎？」女兒拿來的是個沉甸甸的小熊存錢筒。大小差不多用兩手包起來那麼大，搖了搖，完全沒有聲音，裡頭塞得滿滿的。「哇，妳存了好多錢噢。什麼時候存的啊？」「嗯，每次放學回來時如果錢包裡面還有零錢，就會丟進去啊。一塊硬幣之類。啊，可是有時候也會豪氣地丟個一百塊進去啦，我是不是很棒～」咦，我都不曉得這孩子居然有存錢的喜好呢，看來會跟她老媽走上不一樣的路途喔。「好棒好棒，妳數一下，這些都是妳自己的零用錢喔」。於是女兒慎重其事打開了塞在小熊屁股下的蓋子，喜不自勝開始分起了硬幣。

我的視線落在那隻小熊身上。胸前刻了一個蝴蝶結，兩腳往前伸，一屁股坐著。「妳知道嗎，這個是蒂芬妮的耶。妳姐出生的時候，人家送我們的……咦？妳姐？」「我知道啊，她說她沒用，很久以前就給我了。」喔噢，看來姐姐沒有存錢的興趣啊。感覺好像看得見她們兩姊妹將來在經濟上的分歧，我感覺背脊有點涼。搞不好該找個機會，好好跟她姐談一下將來的人生計畫。

噯，不過這隻小熊，噢！不對，是蒂芬妮的泰迪熊，原本是銀色的，現在已經變黑了。擺在小孩子房裡的書架上應該有五、六年了吧，氧化變得黑抹抹，不過這正證明了它真的是銀飾品。而且拋光一下，應該又會閃閃動人了……一想到這，馬上就想幫它改頭換面。家裡應該有銀飾品的拭銀膏。於是我拿來用完後就可以丟掉的小塊舊破布，沾了點拭銀膏，開始擦了起來。指尖一下子變黑，但就連飄散出來的那股硫磺味也不會令人覺得不快，反而怎麼講，讓人有種好像自己也變成了專業師傅的感覺。唔，應該可以了吧？不，還是再擦拭一下好了，應該會變得更亮，像鏡子一樣光滑。於是我就這麼心無旁騖地擦呀擦……，沒錯，我真的心無旁騖！連今晚要煮什麼、明天要受訪的準備、非整理不行的文件、《婦人公論》的稿子，全部都從我腦海中消失，整個人完全進入了一種「空無」的狀態。這……這難道就是現在大家說的那種正念嗎？

黑熊搖身一變成亮晶晶的蒂芬妮小熊的時候，我的大腦已經沉浸在冥想了十五分鐘一樣的清爽快感之中了。哇，說真的，通體舒暢耶。竟然有這種妙方。我忽然想起來，我以前本來就喜歡擦拭玻璃杯、鞋子之類的。原來我的紓壓良方是這個啊？這樣的話我要擦得更勤一點了。餐具櫃的角落裡，我記得有個小銀盤哪，還有別人婚禮時送我們的那些點心叉跟湯匙的伴手禮、放舊照片的相框，我統統找了出來，擺在報紙上一個個擦了起來。啊——，實在是太痛快惹～。

後來把擦得乾乾淨淨的物品再一樣樣擺回去之後，已經又覺得手癢了。啊——好想再擦一下啊，它們可不可以趕快變黑啊……。

同時間，我女兒呢，則把硬幣分門別類堆成十個一疊也已經數完了，正滿心得意呢。看來每個人紓解壓力的方法，都不一樣噢。

社會學習

女兒一點一滴存進小熊存錢筒裡的零錢，數一數竟然有將近一萬日幣。我說這就放進妳的戶頭吧。她這暑假開始打工，開了個打工專用的銀行戶頭。我說那裡面的錢，妳全部都可以自己用。妳是想好好存下來也可以，遇到真正有需要的時候拿出來花也可以，自己決定吧。妳就算沒什麼必要就花掉，之後後悔，那也是妳自己的事，都是人生經驗。於是我們把零錢嘩啦啦地裝進保鮮袋裡塞得鼓鼓的，兩個人去了銀行。怎麼講，感覺有點好像在進行什麼儀式。

站在提款機前面，我說，媽在旁邊看，妳自己弄，端出了一副母親大人的姿態敦促她。都要學習啦，學。唔……我看看噢，按這個「存款」啊！對不對，然後放入金融卡，之間機器好幾次提示「是否確定存入款項？」、「請確認存款帳號」之類，噢這是防範那些詐騙的啦，妳不要以為自己年輕就不會上當，這些都要小心。一邊這麼說，一邊繼續進行，接著好啦，到了請放入現金的步驟了。硬幣放入口像阿拉丁要去拿神燈的沙漠洞窟一樣嘩——地打開，「確定全部都丟進去沒關係嗎？我們要不要把硬幣分成一塊錢跟十塊錢這樣啊？」「不用啦，沒有問題。它們機器裡面就會自己唰唰唰分好、數好了，很厲害吧！我們就先放進去看看啦。Let's Go！」

兩個人就把保鮮袋反轉，叮鈴噹啷往洞窟入口倒進了硬幣，就在這時候！嗶——一聲輕快的警示音，紅燈亮了。液晶螢幕上顯示「硬幣放入過多，請取出部份硬幣」。咦咦咦咦咦？糟糕了，趕緊兩個人慌慌張張把硬幣挖出來，可是沒想到要裝回保鮮袋的小袋口時出乎意料地麻煩。啊——！等一下等一下，十塊錢掉了！啊！這裡也有一個！警示音不停響，最後升級成嗶嗶嗶的警告，接著，一切停了。機器不動了。我們被無情宣告「無法為您服務」。硬幣依然在洞窟裡，洞口緩緩關上。兩人在沉默的提款機前，雙手盛著小山般的零錢，一動也不動，當場凝結，只能傻在那裡。

「請問怎麼了嗎？」銀行的櫃員小姐過來救我們。「請問您們放進多少零錢啊？」「我也不知道，就嘩——地隨便倒進去。」啊，又不是小孩子了，竟然把提款機搞壞。

我不知道是不是因為飾演角色的關係，很多人都以為我是個「很能幹」、「很幹練」的女人，這樣子形容我。我自己也誤以為自己真的是這樣了，但近來我（終於）發覺這會不會是誤會？出乎意料地，我很多事都做不好。尤其對數字很弱。保險哪、稅金哪、銀行啊之類。以一個社會人士來說，我實在是太嫩了，今天特別有此感受。

等了差不多十分鐘後，硬幣終於從洞窟裡頭被挖出來，重新在櫃檯存進了我女兒的帳戶。女兒小聲唸，「早知道一開始就直接來櫃檯」。真的，今天的社會學習，學習的人是我啊。

香味召喚來的

「這送妳當生日禮物」——於是我收到了一瓶髮香水。外觀看起來跟一般香水一樣，但是「髮」香水？跟一般香水有什麼不同嗎？

查了一下，原來如此。說是含有保養頭髮的成分，能夠保濕、讓頭髮看來又鬆又順。上完瑜伽課出了汗可以用喔，對方這麼說。咦，難不成是給我掩飾年紀大了的會有的那股味道嗎？這樣故意鬧彆扭開玩笑，一定會顯得我很太幼稚吧，不行不行。我看這髮香水的味道，跟我平時的香水很合，來想想該怎麼搭配，真好，太期待了。

若像普魯斯特那樣，香味召喚來了回憶。我最早的印象應該是國中籃球社教練的髮油味了。為了拯救我們那個肉腳籃球社而來的新任熱血老師，總是揮灑著颯爽又強烈的髮油味。每次在走廊上還沒轉過轉角就先聞到那個味道，就知道，啊！那個老師來了。差不多就有那麼強烈。他來之前，我們籃球社輕鬆得要命，還被說「籃球社真是爽社耶」，但他一來了後風格大轉變，我們被要求練一堆嚴格得要命的練習，大家都覺得有點討厭。但是籃球社是真的開始打贏了，大家開始熱血起來，愈練愈有勁，團隊也愈來愈團結。

到底過了四十年了，沒有再遇見有人用那樣的髮油，但偶爾在人群中忽然聞見了那熟悉的味道，不曉得為什麼還是會背後一涼，「呃啊，木村老師！」暑假中累得要命的練球、在體育館後面喝的冰得透心涼的果汁、騎著腳踏車去參加練習賽的路程、褐色的球摸起來的觸感，還有那珍惜得不得了的CONVERSE籃球鞋的影像，忽然都一下子甦醒了過來。唔，不過倒是不會想回到那時候啦。

第一次買自己的香水是在快二十歲之前。我接到了一個連續劇，飾演一個夢想成為芭蕾舞伶的普通小孩。劇組要求我去上芭蕾課。就在小田急線的車站穿過商店街的地方，有一個小卻很正式的芭蕾舞團，從小學生到大人都非常認真練習，我也加入了他們。那裡有一位叫做菜穗子的耀眼舞伶。我覺得她應該跟我差不多年紀吧。她高中畢業後就選擇了專業舞伶的道路，白天教小孩子跳舞，晚上為了自己的公演去上課。臉蛋那麼小又那麼美，肯定是混血兒吧！她的手腳修長得就是會讓人那樣想。她一跳舞，整個空間就變成了像莫斯科大劇院。而且她對誰都很溫柔，大家（包括我）都很崇拜她。

有一天，一個小學生在更衣室裡問了她——「菜穗子，妳身上的味道好好聞喔，那是什麼味道？」我心想，問得好！趕緊張大了耳朵也在旁邊聽。「這個啊，是香水，聖羅蘭的巴黎。」噢噢噢，巴黎？聖羅蘭嗎？幾個月後，我忘了因為拍攝什麼而去了一趟海外，在成田機場免稅店買了一瓶我心心念念的「巴黎」。之後差不多五年吧，那巴黎就成了「我的味道」。

拍完那齣戲後，芭蕾舞課也結束，不再跑去那商店街。可是有時候，我還是會打開那芭蕾舞團的官網來看。菜穗子現在也還在跳舞。身上一定還是帶著宜人的香味吧。

打遊戲的好處

右手食指痛。手部關節屈腕肌群裡，特別是橈側屈腕肌跟屈指淺肌、屈拇長肌很緥，肱二頭肌跟三角肌也很緊，斜方肌也不太舒服。怎麼啦？因為我這陣子啊，一直在玩手機遊戲啊！就是那個螢幕上方會有迪士尼臉圓圓的人緩緩下降，三個連成一線的時候就用手指滑過去把它們消掉的那個。

有一天，我女兒忽然傳了什麼東西到我手機。「啊，媽，抱歉抱歉，那是我想要遊戲點數，所以寄了朋友邀請給妳啦，妳不用管它。」啊——真是的，我一邊苦笑，一邊心想年輕人到底玩的是什麼遊戲啊？不看還好，一看真是我不走運。一頭栽入那種單純作業裡的投入感，真的會讓人上癮。有意思的是，我的LINE電話簿上的朋友裡，居然顯示有人拿了超高的分數，嚇了我一跳。咦咦，這個媽媽友也在玩？那個演員也在玩？哇，分數好高，專業等級耶～。感覺好像看見別人的另外一面。嗳～等等，這意思是說，我在玩的事也會被別人發現嘍？算了算了，就讓他們看著我這菜鳥的超低得分笑一笑好了。

我只是在沒課金的前提下玩一玩，每次大概玩個十分鐘而已。但就是做家事空檔時間稍微休息一下時，也愈來愈常伸手去打開遊戲。結果右手腕緊繃得不得了，眼睛也痠，真是，玩遊戲真的對年紀大的人身體不好。

結果跑去上禪柔課調整身體，老實把狀況跟老師講了。「保奈美，妳會玩遊戲喔？真意外耶！」是啊，我自己也是意外到難以置信的程度，那真的對身體很不好，我反省了啦。「不會啊，妳的情況感覺也沒那麼糟，肩胛骨很軟哪。」是嗎？真的？「而且妳很專心在玩吧？搞不好那反而有益頭腦健康。妳的手臂跟肩膀表層的肌肉雖然緊繃，但是大腦可能得到了休息，感覺身體內側的部分很有條理啊，沒有亂掉啊。」咦咦咦，真假？所以大家才會玩遊戲嗎？因為疲憊的大腦渴望放鬆？

這麼一想，我以前也有好幾次沉迷遊戲的經驗。俄羅斯方塊啊，接龍啊，尤其是打勇者鬥惡龍的時候，因為太想繼續打下去，每次一下工就趕快衝回家去坐在電視機前，那陣子連我自己都有點擔心完了完了，我該不會是太沉迷了吧。不過這種東西，迷上一段時間就會自然過去了，等一回神時，發現已經不玩了。不曉得是玩得盡興，還是就覺得夠了，像那樣的感覺。之後就會覺得自己怎麼會迷成那樣真不可思議，不再需要那遊戲了。所以我這一次其實也不怎麼擔心。因為我知道，迷上、投入、玩夠了，一旦這個流程得到了滿足，自然就不會再打了。所以我現在允許自己打。一定是我的大腦現在想要放鬆吧。

「對對對，就是這個，保奈美！妳一向嚴格要求自己什麼都要做好、做對，搞到自己身體僵硬，結果妳現在居然學會允許自己玩遊戲，這是多麼大的進步啊！一定是這樣，身體才沒有出現負面影響。」

學會了新技能的me。所以打遊戲也不是浪費時間唷。我看我接著開始挑戰兩手一起打好了？

逃離

今年夏天很常搭飛機。倫敦。波士頓。北京。有時是因為工作，有時是個人旅行。不管異國或日本，搭機飛在空中去某個地方，總是讓人心情特別高亢。

之所以這麼喜歡飛機跟機場，也許跟我小時候住在羽田附近有關。從幼稚園到小二，放假時最開心的出門地點就是羽田機場了。我爸會帶我去——現在想想，我媽應該是跟年紀還小的我妹留在家裡——在眺望台看飛機起飛著陸、去餐廳吃兒童餐、在商店買小飛機絨毛玩具給我（那叫做絨毛玩具嗎？外面像塑膠那樣的材質，裡面塞滿棉花）。雖然只不過去玩，卻感覺自己好像也是即將要起飛的乘客一樣，很想說嘿大家，我跟那些在公園裡玩盪鞦韆的小孩子是不一樣的唷，有種莫名的優越感，很雀躍。我父親的工作地點也是在羽田（但跟機場沒關係），隔著道路，公司對面就是機組員的訓練中心，也正是連續劇《空姐特訓班》的舞台。我也曾經很認真想過要不要去那裡接受空姐訓練，但後來沒去，大概是自己也發現自己根本就不是能為人提供完美服務的那一塊料吧。不過二十幾年後我接到了一個飾演空姐的連續劇角色，當時在訓練用的機艙內拍攝時，還真覺得人生真是太不可思議了。

因此，我單方面就覺得自己好像跟羽田機場有種特別的緣分。它把東京唯一一座國際機場的寶座讓位給成田機場時，我還很落寞呢，後來羽田機場又重啟國際線，也蓋了新航廈，現在依然繼續擴大中，真是看了忍不住很想跟它說，你愈來愈氣派了耶，不過你阿公那時候，也是很厲害的喔～。

接受雜誌採訪時，對方問我在東京有沒有什麼喜歡的常去的場所。我想了想，家裡附近公園嗎？上野的博物館嗎？不過想來想去，還是羽田機場。不見得是要去旅行，也不見得一定要搭飛機。我忘了哪時候，有一次很低潮的時候，很想把一切都拋開逃到哪裡去的時候，我就自己一個人開了車去羽田機場。坐在停在停車場的車子裡面，就一直看著在空中交會的飛機。那一架飛機要飛往哪裡去呢？如果是北海道的話，我可以去拜訪認識的牧場，在那裡幫忙打掃馬房也不錯。和歌山的朋友那裡？或是沖繩？乾脆飛去法國找朋友吧？走去櫃檯，說請給我一張下班飛機的機票，這樣就可以了。換洗衣物在UNIQLO買就好了。啊，今天忘了帶護照出來，法國先不能去了。就這麼東想西想，西方天空已經染上了一抹橘紅，最後變成薄紫，車燈紛紛亮了起來。我心中的狂風暴雨也逐漸平息了下來。

只要來這裡就可以了。來這裡，就能去任何地方。拋開一切，只要選擇要去的地點就成了。知道這一點已經足夠，沒問題了。今天就先這樣吧。

羽田機場可以算是我心靈的避難所嗎？感覺我哪天可能真的會衝動飛走。

啊，不過要拋開的東西，可是不能包括機票錢喏。

高度一萬四千公尺

每次搭機，就好像五歲小孩一直往窗外看。從羽田機場出發，東京灣、海螢停車區，哇——，東京灣跨海公路居然在海底穿越了那麼長一段距離呀？房總半島真的是菱形的耶。鹿島灘竟然是這麼綿長和緩的海岸線。去北京時，因為是從新潟直接穿越日本海，我這關東地區的人才知道原來佐渡島比江之島大上那麼多，離本島那麼遠，不禁遙想從前安壽跟廚子王的母親大人被帶到這麼老遠的地方，一定非常艱辛吧？

飛在俄國上空時，如果運氣好剛好沒雲，那是非常有意思的。遠得實在看不清楚到底是森林，還是岩山的一片烏漆抹黑的團塊狀物體，該不會就是地理課上學過的凍原吧？以前只是咻咻咻地在考試卷上快快寫上「凍原」、「tundra」這些答案，但實際上完全不知道它們到底怎麼回事。應該是綿延了好幾十、好幾百公里的完全無人跨入的土地吧？可是在那一大片空間之間，時不時也會看見顯然是人造的直線，竟然連這種地方也跑來鋪馬路，真是太厲害了，半是感嘆，半覺得人類真的是……。

北歐的海岸線，那已經不是用「谷灣式海岸」就能打發過了。我們對於那地區的地圖，講老實話，根本都只看過一些大略的。瑞典與丹麥之間散落的那些飛沫一樣大大小小的島嶼之多，完全不是瀨戶內海諸島的規模可以相提並論。那些島，要是每一個都有名字，我看那地方的村長跟地理老師、首相大概要背到頭昏眼花。想到這，不禁覺得哪天有機會的話，也想去其中哪個島嶼看看。

從空中往下眺望，可以很清楚理解到山是岩盤上擠壓出了皺摺所推擠出來的，降落在那裡的雨，形成了一條條的水道，變成了河川。凹下的地方堆積出了水窪，變成了湖泊。人就是在那水邊，在平坦低處的土地上，一小群、一小群這樣聚集了起來，打造出住處而已。就像寄生蟲一樣。明明只是寄生蟲，卻要在根本不會幹嘛的浩瀚凍原上也要噗咚——地蓋上馬路。北美上方，有些看起來覺得根本沒人住的地區，也有「契沙西比（Chisasibi）」、「努納福特（Nunavut）」、「伊魁特（Iqaluit）」這樣根本沒聽過的地名。那些地方一定也有人住，工作、吃飯、吵架，肯定也在玩手遊。我從飛機這種不可思議的鐵塊上面看著下方，想像那些我一輩子應該也不會遇見的人，毫無所謂地夢想著，哪一天也想去伊魁特、烏謬加克（Umiujaq）或庫朱瓦拉皮克（Kuujjuarapik）看看。這不是地球那麼大、人類這麼小這樣簡化的陳述，而是在極大與極小的兩種視野間同時來去，一時之間開始有些暈眩。

等抵達機場，下了飛機後，我的工作、我的家庭、我的煩惱、我晚餐的菜色又會把我拉回現實，至於凍原什麼的早已消失在夢想的盡頭。「哪一天」永遠也不會來吧。不，這樣真的好嗎？那等也等不到的「哪一天」。綁住我自己的，不是我自己嗎？不曉得為什麼，此刻有股衝動，不想再在腦內幻想了，只想跳降落傘下去。自己動起來吧！朝著伊魁特、瓦朗厄爾半島（Varangerhalvøya）、康埃盧蘇阿克（Kangerlussuaq）的方向。

第二十年的煙火

今年的煙火大會，在九月的最後一個週末。

從東京都心開了一個小時車，抵達了海邊公寓。這是女兒還是個小嬰兒時，上寶寶游泳課時認識的朋友家。不同的家庭歡聚一堂，游泳池認識的朋友、上了小學之後的朋友，有時這個家庭女主人的大學朋友之類也會來參加聚會。去年為止，都是在暑假過到一半的時候辦，中午到達了後，爸爸們就先帶著孩子們去海邊玩，留下來的其他人則開始準備烤肉。等到孩子們玩到肚子扁扁的回來之後，吃的跟喝的已經都搬上了頂樓，火也順利點燃了，大家開始乾杯、吃臘腸、馬鈴薯的時候，眼前海岸上開始施放煙火。

今年施放的時間稍微調整，太陽比從前早下山，大家圍著點了蠟燭的桌子團聚時，不知誰說了一句——「嗳，今天難得連一個孩子都沒有耶」。

是啊。不是因為暑假已經結束了，而是那一大群以前就在那邊跑啊衝啊的孩子，現在幾乎都上大學了，而且還不是在東京。唯一一個還在念高中的我家底下那一個，我約了她，但她一口就回絕了我——「我才不去咧～。那都一群阿伯跟歐巴桑啊。我要去我朋友家啦，妳好好玩吧～」。所以今晚就只有我們大人的聚會。

好安靜哪。嗳——，沙子拍掉之後再上來！肉烤好了趕快吃！媽，我要上廁所～！媽，姊姊很壞～！媽，我想吃冰淇淋～。啊，開始放了，趕快看～！媽，我要拍煙火，妳相機放在哪裡？這些、那些。那些佔據了這整個空間的嘈鬧都已經不見了，我們只要管自己的事就行了。發現這點的時候，有點傻愣。沒想到這一天來了。也不是萬分雀躍，也不是無比落寞，而是有種難以置信的情緒在暗底微微騷湧著欣賞了今晚的煙火。各自待在自己想待的角落，以自己想看的方式。然後今晚我也不用回去，可以在這裡過一夜，所以可以放心喝點葡萄酒。一票人談心到深夜。夜，沒有盡頭。

隔天早晨喝了他們家老公煮的咖啡，吃著昨晚剩下來的乳酪蛋糕，大家又東談西聊。之後這些大叔們要去靜岡看橄欖球賽，女主人則要去大阪參加同學會。我呢，既然來了逗子，乾脆順便去三崎漁港順便買些鮪魚吧？輕輕鬆鬆地開車，從海岸線沿著山道縱貫三浦半島。路很窄，彎彎曲曲，前面有巴士的時候就只能開得更慢了，結果花了比想像中更多的時間。要是以前的我會覺得不耐，想找看看其他替代的路徑，但今天一點也不在意。反正又沒有人會從後座一直問個不停，「媽，還要多久啦～」。我今天只要在晚飯之前回家就好了。

在漁港看見好多鮮美的魚，很開心，買了不用煮的生魚片回家當晚餐。偷懶耶。拍了很有震撼力的鮪魚頭照片傳給了朋友，她回我簡訊，「現在正在羽田。一個人旅行好愉快喔」。這份愉快，我們現在還不習慣，但一定很快就會擁抱它了。在自己的時間，看自己的煙火，那日子應該不遠了吧。

刮刀 Squeegee

做菜跟打掃，妳比較喜歡做那一樣？跟別人聊到了這個話題。唔——，做菜我還滿喜歡的。反正既然要吃，就要吃好吃一點的，看著食譜認真做菜，也滿有趣的。一邊放點歌劇之類的，邊喝點葡萄酒，一邊下著義大利麵條，心情很是輕鬆愉快。不過每天一想到要做飯、要做飯，偶爾也會覺得煩。畢竟是人嘛。這種時候，我就去百貨地下樓，心一橫，來場配菜大餐吧！有時出門一陣子不在家，不用做飯，那感覺真是好輕鬆，但同時一看見了什麼少見的食材、香料，又覺得

「噢，想試試這個」，開始煮菜魂又一點一滴燃了起來。

至於打掃呢，雖然我還不到什麼掃除狂人的地步，但至少也喜歡家裡環境清爽一點，要找什麼東西時隨時可以找到，否則會覺得很煩，所以得要整理。我不太喜歡地板上一堆灰塵，因為希望可以隨時輕鬆坐下。我家是女子宿舍，地板上一天到晚都可以看見掉著的長頭髮。咦，都沒有其他人看見嗎？只有我的視力好得異常？心裡一邊憤慨，一邊又拿起了吸塵器，勞動我的手、辛苦我的腰啊！但打掃乾淨時的成就感是無可比擬的。

萬分不想做，但一不打掃看起來就會最慘的，當推水龍頭附近區域。家裡跟飯店的最大差別，就是飯店客房的浴室打掃得乾淨無暇。所以如果家裡浴室也能稍微打掃得像飯店浴室那樣，我家浴室會不會也更舒服啊？我忘了在哪本書上讀過，「把該亮的地方弄亮，其他地方就算稍微馬虎一點，看起來也會很乾淨」。該亮的地方，所以是鏡子、不鏽鋼的水龍頭跟門把之類的，還有陶製的洗臉台吧。

確實這些地方如果光潔晶亮，其他地方就算稍微有點灰塵也不會注意到。值得一試。

而打掃水龍頭附近最重要的，就是如何保持乾燥了，對吧？我在某本打掃指南書上看到「洗完澡後，用擦完身體後的浴巾直接擦一擦浴室牆壁跟地上吧」，不過嗳，浴巾耶？但我這麼想，還真的認識有人是這樣做的。那個人從全職家庭主婦快速爬升到大企業廣宣部門頂尖上司，是個效率女王，她也要求她先生跟女兒都要這麼執行。她家人好配合啊，但要讓我家人這麼做，實在是媲美不可能的任務，而且我自己就對用浴巾擦這件事有點抗拒。

就在這時候，我在東急手造館找到了一樣法寶。是用塑膠做的，長得像湯杓那樣，可是前端切成了平的，用來推滑冰場地面，把地面推得平整的那個東西，餐廳裡把桌上的麵包屑刮乾淨的那個東西，沒錯，刮刀！洗完澡後，用那個把鏡面咻——刮一下，玻璃門咻——刮一下，牆壁跟地面磁磚也都咻——刷一下，多餘的水分就會被刮掉，接著稍微換換氣，浴室就會像飯店浴室一樣清爽乾淨。真的是，我最近每天最滿足的瞬間就是這一刻。

這東西這麼好用簡單，我家那些怕麻煩的應該也能做到吧？所以我就嚴格命令我老公跟女兒們「浴室那個白色塑膠的，掛在那裡，不要忘了刮耶。」「咦，真的有用嗎？那我努力看看好了。對了，那個白色塑膠的，我忘了英文叫什麼啊，不是squeezer……。」什麼squeezer？又不是搾果汁的，名字不重要啦！你們總之給我好好刮，刷——！刷——！

汪汪來襲

身邊轉頭一看，幾乎每個認識的人都養狗。每次一見面，就是「我家的狗狗」有多皮、有多醜、有多笨、有多愛吃、有多花錢、有多可愛好可愛噢真的沒辦法的那麼可愛，一直說。對付那些傻狗爸狗媽，我只能一臉乏味地回噢，這樣啊，真辛苦耶。

我家女兒跟大家沒什麼兩樣，也一直很想養狗，講了十幾年，我一直否決。我都已經要照顧三隻這麼累人的人類了，我還要更多負擔哪？後來她們慢慢地可以一個人上廁所、可以自己換衣服、吃飯也不用麻煩大人、自己可以整理書包，也會不告訴父母就隨便搭著地鐵跑去澀谷了，我這當媽媽的，想法也逐漸放寬了。

「媽已經不會再跟妳們說絕無可能，但是我有條件。妳們要好好跟我做個簡報，妳們要從什麼管道取得狗、養狗要耗費哪些精神、有哪些費用、妳們能負擔多少的照顧責任，又有哪些是需要媽媽幫忙的，妳們即使要耗費這麼大精力也要養狗，好處是什麼？只要好好說服我的話，我就同意妳們養狗」。我把這事告訴了我朋友，對方聽完很受不了，「保奈美，真的很像妳會講的話耶，妳女兒們有這麼一個麻煩的老媽，實在也很辛苦」。嗳，可是我可是讓步很多了耶？我說她們可以養了耶？重點不是她們簡報做得好不好，而是有沒有那個決心。創意、心思跟熱誠，我說的是這個啊。

就這麼發布了那個天大的宣言之後過了幾年，她們看來依然還是沒有要跟我簡報的意思。好像試著做過一次，但做到一半卡關。失去興致了啊？唔，原來妳們的熱誠不過就這種程度，那怎麼可能真的好好照顧好一個生命呢。這就是我這做媽的結論。

結果居然在我們這樣的家庭，來了一條狗。噢，是五天四夜啦，狗主人全家要去旅行，託我們照顧。對方知道我們家在養狗這一件事上的僵持後，說「搞不好妳女兒們發現養狗這麼麻煩，就不想養了。但也有可能你們全家就此愛上。試試看吧」。對方也給了我女兒打工費，所以餵狗跟帶狗散步全都是她們的責任，我一切不管。

理論上……應該是這樣啦，但是負責的人去上學時，家裡不是只剩我一個？把她放著不管好像也很可憐，所以出去散步？但散步的時候萬一跟其他家的狗狗發生了什麼衝突也不行，只能在家陪她玩？這麼一陪，居然跟我熟起來了。然後這隻貴賓狗塔比莎也不叫、也不鬧、也不調皮搗蛋，又聽話，真的是好孩子呢，還會躺在我女兒跟老公腿上翻身完全放鬆給他們看，真是，全家人都被征服了。

五天一眨眼就過，塔比莎又回去了她家。我在家裡頭走動時，恍然間好像還聽得見在身後跟來「蹬蹬蹬」的腳步聲。要關上廁所門時，那瞬間還會小心著別夾到她。搞不好是我們幾個人類被豢養了。我女兒跟我老公也嚷著「啊～好寂寞噢」，真是全家人超級失落。

愛上了。我不想這樣講。她就有時候來借住個一星期就好了。反正，她的尿墊還放在我們家呢。

年節料理也很好

「年節料理也很好，咖哩也不錯～」——這句廣告詞實在寫得太好了。你們看，光是讀了第一句，感覺好像就聽見糖果合唱團的歌聲呢？不用放音樂，只是輕輕唸出第一句「年節料理也很好」，下一句「咖哩也不錯」就自動躍上腦海了。我猜每年過年啊，大概頭三天一過，全日本各地家庭都會自動想起這句名台詞，肯定大大拉升了咖哩的銷售量吧。先前我別說第三天了，一到第二天晚上我就問了，「要不要吃咖哩？」

我們的飲食生活，感覺從進入聖誕節左右就會突然變得非常非日常。對了，要是上班族大概從一進入了十二月左右，就開始了尾牙模式吧？然後啊，大家忽然開始烤烤雞，或是在外頭吃了跟家裡味道不一樣的火鍋。噯，這麼多人，大家來吃西班牙海鮮燉飯吧～。哇，我去吃了螃蟹耶。韓國朋友做了道地的韓國烤五花肉。除夕夜在平常根本不會吃蕎麥麵的時間吃祈福蕎麥麵，接著繼續把年節料理、年糕湯吞下肚，當肚子跟舌頭都已經喊「拜託～回到日常飲食吧～」的時候，嘿，就吃起了咖哩了，一定。

說起咖哩的精髓，我覺得應該是「晨間咖哩」吧？年假過後，很多人第一天上班前的早餐一定都吃咖哩。我念高中時，晚餐吃咖哩、早餐吃咖哩，連便當也帶咖哩。甚至可以說，是因為想享受隔天早上的咖哩而做了咖哩。

但是明明以前那麼愛吃咖哩，我最近卻沒辦法享受晨間咖哩了。不是啊，這個年紀了，早上吃了咖哩，胃真的不舒服——噯噯噯，不是這麼秀氣的啦我的胃。我直說吧，我患有「吃完咖哩就想睡覺症候群」。真的啦！你沒聽過吧～。

我第一次有這個自覺，差不多是在十五年前吧。有一天早上，送完孩子上幼稚園跟小學後，我一個人在家輕鬆地吃了咖哩後，忽然被狂烈的睡意襲擊，就這麼躺平了。不只早上喔，我連中午吃了咖哩也會很想睡覺。一開始以為是咖哩醬的關係，試了很多不同的咖哩，從泰式咖哩到道地的印度式咖哩、咖哩即時調理包、咖哩烏龍麵、咖哩麵包，全部都不行！吃完了後，把餐具洗好放好差不多想休息一下的時候，難以抵擋的睡意就撲頭掩面襲來了。整個下午，就變成了個沒用的人。我自己分析了一下，覺得該不會是什麼香料的影響吧？但是我晚上吃完咖哩後，卻完全不會覺得睏。到底是怎麼回事啊！

有一次拍攝連續劇時，有人請外燴。因為是主角好意請大家吃的，我也就哇～，謝謝，吃掉了。接著果然！天哪，好想睡、好想睡，整個下午撐得好痛苦，之後每當工作現場提供了咖哩便當，我都只能心領了，一個人躲在角落裡吃我自備的飯糰之類。現場工作人員有時會擔心是不是有什麼地方不周到啦，不然我怎麼不吃，經紀人都只得講出一番非常謎般的回答——「沒事、沒事，她不是不高興啦，也不是過敏，只是她每次吃完咖哩就會很想睡覺，別介意」，非常慘。

因此對這樣的我來說，能夠放心享受晨間咖哩的一年一度大好機會，就是年假了。嘿嘿，準備來吃囉。接著吃完就睡覺囉。「吃完年節料理，就是要吃咖哩嘛」——夢裡，糖果合唱團肯定會這樣對我唱吧。

馬塞爾先生

這一天，同時有三個地點跟內容都不一樣的工作，超忙。更慘的是，還得帶著一個很重的巨大包包。咦，女明星也要自己帶這麼大包包啊？——最近我才被銀行一位女性專員這樣問過，她很訝異。那是當然的啊，在下又不是什麼有隨從的高貴人士。而且攝影的時候還很常從自己家裡帶一堆私人服飾跟鞋子出門呢，因為尺寸很要緊啊。

就這樣，那天中午前會議就結束了，我走出大馬路，很順利招到一輛計程車，趕緊鑽進去。「麻煩您到青山的古董通那邊。」「在並木橋那裡轉彎嗎？」「嗄，還沒到那裡，就在那個前面……。」「澀谷橋？」「對對對，從澀谷橋往六本木通的方向，往上走。」「好。」

呼～。還好馬上就招到了計程車。等一下把東西放著，再拿另一包，再招一輛車……，看情況應該來得及。我看著窗外街景，腦裡隨意胡亂想著。「小姐，再來妳要怎麼走？往隧道那邊過去嗎？」咦？隧道？等一下等一下……我視線轉回前方，下一瞬間，腦袋當機。感覺有什麼事情不對勁。非常怪異的感覺。下一瞬間，資訊進入大腦了，我右前方這位抓著方向盤的司機大哥，不是個白人男性嗎！

絕對不是混血兒吧。年紀大概五十幾歲，瘦瘦的，手腳修長，下車站在路上的話，看樣子大概有一百九十公分吧？感覺不是美國人，應該是德國或荷蘭、北歐那地區的人。大哥你是哪裡人啊？為什麼來當運將？而且日文還講得好得我一上車根本沒注意到，還對澀谷橋啊，什麼並木橋那麼清楚，WHY？

看了一眼揭示在駕駛座後方的司機大名——馬塞爾先生！咦，所以是法國人？他一定常常被人這麼問，回答到很煩了吧？但是不行，沒辦法，我忍不住了。「呃……，司機大哥，請問你是哪一國人啊？」

「法國。」「哇——，果然。法國哪裡呀？」「諾曼第。妳聽過那地方嗎？」「聽過啊，有機會想去。我去過巴黎。」「諾曼第是好地方喔，蘋果酒很有名。」「呃……，請問你來日本多久啦？」「十五年了。」哇哇哇哇哇，好久噢。「之前一直住在山形，去年才搬來東京。」你為什麼會從諾曼第跑去山形啊，馬塞爾先生？是憧憬日本的陶藝，還是染色技術嗎？或是去追求栽培櫻桃的祕技？後來跟日本女人結婚，但是不順利，所以心念一轉跑來了東京……？腦內一個個狐疑妄想隨便竄出，但是唔唔唔，這實在問不出口。「你對東京馬路很熟啊。」「我常常在這邊載客人啊。不過考計程車牌照時，妳們的地理考試很難耶。」太強了吧，這位大哥的人生。希望他人生一帆風順。

到達了目的地，下車那瞬間，他問我了——「小姐，妳是日本人嗎？」嗄嗄嗄，大哥，不然你以為我看起來像哪裡人？下次如果有緣再相見，馬塞爾先生，你記得告訴我啊——。

懷念的花園

為了慶祝母親生日，一家三代女人們聚集一堂。因為是七十七歲喜壽，別去豬排店了吧，去什麼好一點的地方。於是訂了一家飯店餐廳的午餐。籠罩在非日常氣息中，稍微有點侷促害羞就只有一開始那幾分鐘，之後老媽便開始了她八百年也講不膩的那便當話題，是因為摹仿了花兒蝴蝶的中華料理的前菜，太過美麗動人了嗎？

「（對著我女兒）妳們媽媽啊（也就是指我），小時候什麼都吃，不麻煩，可是妳們阿姨啊（就是我妹），早產兒體型很小，食量也小，所以怎麼騙她吃東西真是傷透我腦筋了。她那個幼稚園便當啊，我就做得小小的那樣，讓她放在手上一口就能吃掉。飯糰捏得小小圓圓的，拌點黃色炒蛋、粉紅色的甜肉鬆、綠色的海苔粉這樣，弄成三個顏色。肉丸跟馬鈴薯也都切得小小的串起來。還常常用鑫鑫腸雕成章魚跟蝴蝶呢。結果呀，家長日我一去，老師就警告我了，鈴木太太啊，妳不要做得費工，其他家長都在抱怨了，小孩子回家吵著說也要像妳家那樣的便當。呵呵呵，這樣說耶，真是。我那時候要是每天把便當拍下來就好了，現在就可以出書啦，當什麼部落客了。」對啦對啦，這件事我大概聽了六十次有了吧，我女兒，也就是妳孫女，也至少聽了十次以上了。老媽的講古。

咦，章魚鑫鑫腸我知道，可是蝴蝶是怎樣？媽，妳沒做過耶？女兒翹起了嘴巴。喂喂喂，我每天早上要做三人份的便當耶，哪有辦法搞什麼蝴蝶鑫鑫腸哪？可是妳現在不用幫姐姐她們準備便當啦，只剩我一個人的啦。好吧好吧，看她這麼唸，我隔天就去買了鑫鑫腸了。

要做出蝴蝶造型，要先把鑫鑫腸對切，然後到處劃幾刀弄出觸鬚跟翅膀的樣子。一開始做，興頭就來了，開始到處弄啊雕啊的。把飯鋪在便當盒裡，先用綠花椰做出草地，再把切片的鵪鶉蛋擺成圓形弄成花瓣的樣子，中間點綴上紅生薑。然後用豌豆做出葉子跟莖幹，背景點綴上櫻花色的甜肉鬆跟蜜汁柴魚酥。仔魚的天空中有蝴蝶飛舞，看起來好像蠟筆畫出來的一份可愛便當就此大功告成。實在是做得很棒，我乾脆拍下來傳給老媽，回了我訊息，「哇——，好懷念哪，就是這個這個！」太得意了，乾脆又傳給媽媽友們。「哇——，保奈美，妳每天都做這麼厲害的便當噢？太偉大了！」——這是屬於心靈清美那一派的回訊。另一派友人則傳——「嗚哇，妳要嚇死誰啊，太恐怖了吧？」咦，有那麼恐怖嗎？我做太過頭了嗎？的確，午休時間都已經到了，我女兒怎麼還沒傳訊息給我啊？跟我說好棒哪，太可愛了啊。時間慢吞吞地過去，終於等到她下課了，可是LINE還是沒有動靜。是嚇呆了嗎？還是已經不是什麼嚇呆的問題，還是根本覺得不愉快了？

等到她回家後，我小心翼翼地問她：「怎麼樣啊，蝴蝶？」她也沒什麼特別反應，只回我「噢，普通好吃啊。」普通？噢，普通。還好看起來沒生氣。下個禮拜，再來做章魚看看吧。

最後的大學聯考

查了一下，第一次的共通一次試驗是一九七九年[18]，我小學六年級的一月。所以是第一屆的時候嗎？我媽攤開了報紙，跟我說：「昨天的考題出來了耶，妳要挑戰看看嗎？」給我設了個陷阱。我這人不服輸，硬生生就跳入陷阱裡了。我從小就愛看書，小學時就伸手去拿我叔叔書櫃上的松本清張來看了，所以前半

18. 一九七九年至一九八九年日本共實施了十一次的全國大學考試。

段的閱讀做得還不錯，但古文跟漢文的部分就完全不行了。隔年升上了國一，挑戰了英文考題。真的完全不會寫，但跟全國考生一起面對這全國大考實在太好玩了，之後我每年都會挑戰國語跟英語科目。但我雖然年年這麼挑戰，我到了高三的時候，還是連一次都沒去參加過共通一次試驗，因為我理科跟數學完全不行嘛。

後來長大了，全國共通一次試驗改成了全國中心試驗，這中間雖然有幾屆沒做，但到現在還是持續年年挑戰的習慣。每年一次攤開報紙寫考題的我，搞不好已經成了我家每年一月的固定風景了。今年我一起床，居然報紙已放在桌上，裡頭的「問題與解答」那一張已經被拿掉。真是感恩哪。

這幾年主要挑戰的是英語，應該說，我寫完了英文就沒力氣寫國語了，哈哈。對照了英語解答後，我今年的得分是一百七十分（滿分為二百分）。至於全國考生的實際平均分數，則是一百一十六分唷。嘿嘿，不覺得很厲害嗎？不過我還是有點不滿意，程度變差了耶，我幾年前還曾考過一百八十六分呢。那是我的最高記錄。

哎呀，我現在不是在炫耀我英文有多好噢，只是覺得怎麼會考出這種連以前認真準備大考的時候也沒考過的高分呢？我也沒特別念書，而且還是剛睡醒，睡眼惺忪就開始寫了耶？該不會是日本的大考英文有什麼奇怪的地方吧？

我們家因為種種機緣巧合，所以把小孩子送進了國際學校。我也很期待，我的英文應該也會跟著長進吧？結果到了現在，還是連說都不會說。可是聽，倒是聽得很習慣了。學校給家長的通知也全是英文，所以閱讀能力也被鍛鍊得不錯。而且那些內容都是告訴家長遠足、行事曆什麼的，不然就是附近環境安全情況、保健老師通知家長注意流感、肚子痛啊，流鼻水呀，讓孩子喝了退燒藥了等等等等很生活化的英文內容。我國中、高中六年之間，從來沒有在英語課上看過的內容。所以每一次都要翻字典，或是請教身邊一些雙語人士。再加上這些都是跟我家小孩健康跟學業有關係的重要事項，我根本不會忘。就這樣日積月累，就拿到一百八十六分了。

所以說，重點在於扎根於日常生活的必要性以及「習慣」嗎？比起去想形容詞啊、過去完成式、假設語氣等等的難題，還不如整個人置身於英語環境裡……是這樣嗎？

每次一把考題攤在眼前，就覺得好麻煩噢，可是又會激勵自己，不行不行，要是現在就放棄，妳就輸了。每年都讓我這樣玩得很開心的中心試驗。以後真的不辦了嗎？稍微有點……唔，不是，是很落寞呢。

荒行堂的放浪兄弟

通常連續劇或電影一開始拍攝後，全體演出者與工作人員會一起來個大拜拜，接受所謂的「除穢」儀式，祈求拍片期間沒有什麼意外事故，大家身體健康，拍片平順，運氣好的話作品還大賣。通常會請神主[19]來攝影棚幫大家祈福，當然並不是每部片都會這樣做，我猜大概是看製作人的喜好吧。前一陣子我參與

19. 神主：日本神道教的祭司。

演出的某部電影行程表上，就清楚標示出「除穢」日期，連地點都寫上了——「千葉」。大家都跟我說這次的跟一般的不一樣，我一定會很感動的，一定要去。讓人感動的除穢？什麼意思啊？於是我興致昂揚跑去了千葉的寺院一趟。

千葉有間很大的日蓮宗寺院，裡頭有全日本唯一一間「荒行堂」[20]。每年一次，日本全國各地的和尚們會聚集來此，從十一月起進行為期一百天的修行。這次電影導演的侄子，好像人就正在這兒修行。

我們先在會客室裡被介紹跟這位侄子見面，彼此打了招呼，向我們簡單說明了一下。荒行期間，每天的睡眠時間大概是三小時。醒著的時候，每三小時要往身體潑一次水，之外就是一直唸經。每天早晚各吃一次粥品與沒有加任何料的味噌湯。一百天下來，體重好像至少會少個十公斤。一開始的三十五天內，為了揮去塵世俗穢，不能夠與外部的人接觸。之後便可以面會與為人祈福。聽說讓荒行中的和尚為自己祈福，那個功德是非常有份量的。導演的這位侄子大約二十五到三十歲左右，不知是不是因為清瘦的關係，人看起來比實際年齡年輕很多。因為不能剪髮而長得有點亂亂的頭髮與鬍子，讓他看起來有種夏日剛打完甲子園球賽的高中男兒一樣的氣息。經過了兩個多月的節制生活，全身細胞都澄淨了一樣清輝而有活力，皮膚也充滿光澤，眼眸清亮。這真是極致的排毒耶～。內臟一定也都變得很乾淨了吧。我聽那位侄子那麼誠摯的說，他很感謝擔任寺院住持的父親與寺院的檀家送他去那裡修行，所以一定會好好歷練，聽了很感動，一邊前往本堂，準備進行祈禱儀式。

我們一行人在本堂正中央坐下，大約三十人左右。周圍環繞了一圈荒行僧，人數多達五十名。全都頭髮嘩——的長長了，鬍子嘩——的留長了。白棉衣，打赤腳。這五十位荒行僧一齊出聲唱禱，用最大的聲量，非常快、極其猛烈，幾乎

20.荒行為以極度苦行以洗罪愆、以近神佛的修行方式。

就是饒舌樂了。他們坐地單膝立著，右手拿一個好像響板一樣的佛具不斷揮舞，發出了咔咔咔的節奏。僧衣翩翩翻舞，唱禱的音量響徹了整個空間，幾乎讓人覺得自己被導入了恍惚狀態。該怎麼講，有點像是巴里島的卡恰舞（Kecak）那種感覺？或者這根本就是搖滾樂了？又歌又舞的男子團體放浪兄弟（EXILE）？而且他們全都已經到達了一種身心被徹底滌淨的境地，波動真的好驚人。非常清澄、無比強烈。眼前這一群頭髮長得亂七八糟，又有點長的高中球隊男兒，看起來全像是頂級帥哥，我要是年輕女孩啊，大概會一頭栽進愛河吧？我拚命克制自己，千萬不要舉高雙手耶～！的出聲歡呼。

朝著一個目標，徹底鍛鍊身心的人所會具有的力量。大聲唱和的力量。大群人唱和的力量。不是神也不是佛，而是祈求自己一定要到達那兒不可的這樣一群人的力量，打動了人心，不是嗎？唔，我有點感覺這部戲一定會拍得很好呢。

不太會應付小孩

「我討厭小孩」——很久以前，伊武雅刀曾經唱過這麼一句。我這樣說，人家會覺得「妳都已經生三個了，還在那邊講什麼？」，可是我是真討厭小孩。不是，應該說我是不太會應付小孩，感覺自己不太知道怎麼樣跟小孩子相處，那種什麼事情都要稱讚一番的，我實在做不來。「哇——，你做得好好哦～」、「好可愛噢」這樣，眼角還要慈祥下垂。我反而會說「這剛不是講過了嗎？」、「你真的要吃那個嗎？」、「不是說過在幼稚園裡面講話不要那樣臭乳呆嗎？」——會這樣指正。雖然這世上也有很多可愛的、有趣的孩子，可是我頂多也只會稱讚「哇，酷耶」、「你還滿聰明的嘛」。

所以在攝影現場，如果有童星的話我也會很緊張，討厭這個不曉得該怎麼跟童星相處的自己。有時候如果那小孩太可愛，我還會心思不正的懷疑人家是不是在「表演可愛小孩」？搞不好他背後其實有一條拉鍊，拉下來，裡面是個老頭這樣？問題是小孩子其實跟動物一樣，很容易會察覺到對方喜不喜歡自己，所以我也會被討厭。

女兒還小時，一個媽媽友跟我說他們家在看電視時，我出現在重播的連續劇裡。她跟在旁邊一起看的兒子說：「嗳，這個人，就是你幼稚園朋友的馬麻喔」，結果她兒子回了什麼？「怎麼可能，她馬麻講話才沒有這樣，電視裡面這個好溫柔」。喔噢~你這傢伙，我跟你們母子那麼好，還常常一起玩耶！我是覺得對小孩子太好或是太顧慮他們，反而不是什麼好事，所以對於別人的小孩我也是不行的話，就直接說不行，沒料到這個那小傢伙啊，反而覺得我這歐巴桑很嚴格了，呵呵。

一個朋友帶了她四歲的兒子來我家玩。一開始有點擔心男孩子會不會很調皮啊，不過後來，就發現我是杞人憂天了。那孩子不但講話會好好的講，他媽說他最近迷上摺紙，所以我就找了摺紙用的紙張跟剪刀給他，之後他就乖乖坐在那裡摺紙了。從他身上完全可以看得出我朋友有多麼關愛這孩子，又是付出了多少心血教養。不管他講什麼，她都當一回事好好聽，也絕不會因為他只是個小孩，就說馬麻們在講話，你安靜一點。絕對不會，真是太偉大了。我這一說，她感慨良深的回我——「我生完後就回去上班了，很認真想要兩頭兼顧一陣子，可是養小孩跟工作，真的沒辦法。後來乾脆就辭掉工作回家專心帶小孩、做家事，反而好～輕鬆耶，我真的沒想到居然會幸福成這樣，每天都好開心噢」。這世上竟然有這種女人？我真輸給她了。對了，這女人是個美到現在如果出去站在台上，感覺就會變成頂尖模特兒的那種超級美女，而且性格還很好。以前我其實有點掛心她，人這麼美，個性又太認真了，會不會抓不住幸福哪？看她現在這樣，找到了真心喜歡的事，真是太棒了，真的太棒了。適才適所。這種人就應該養小孩。

看四歲的小朋友很流利說完了「再見」後，我想了想。反觀我這樣不太適合養小孩的媽媽，好像存在也無所謂噢？也不見得每個人都要是優秀的母親吧，也有一邊喊我不會啦，一邊醜醜奮鬥著的母親呀。各式各樣的母親，多元的母親，這樣不是很好嗎？我這樣講，我家女兒大概要笑話我說：「媽，妳那是對於『多樣化』的任意詮釋吧？」

還沒吃就討厭

噯，我說的不是某個人氣節目的某個受歡迎的單元，大家千萬別亂想[21]。我只是今天剛好在想，應該要改掉這種還沒吃就討厭的充滿了先入為主偏見的壞習慣，不管是在人際關係、看書的種類、想去嘗鮮看看的店家或是工作上。

我在拍攝服裝單元或接受採訪上，有家雜誌社讓我無論如何就是覺得「啊，

---

21. 譯註：鈴木的前夫石橋貴明有個長青節目單元為「還沒吃就討厭大王決定戰」。

這家我沒辦法」，長期以來一直婉拒。不是因為討厭這家雜誌，而是某件其實也算不上嫌隙的小事，讓我一直存著點芥蒂。

那是十五年前了吧，不，應該再更久一點。那時我正處於育兒的瘋婆披頭散髮期，情緒也非常糟。拜託，一天二十四小時一直在面對著一種你很怕的生物耶。就在那時候，有一天我剛好去了一場平時幾乎沒有機會踏進去的時裝秀，因為有人邀請，在那兒巧遇了一位從二十幾歲就接過幾次那雜誌工作的某雜誌總編。由於我跟他不是很熟，就簡單打了個招呼，「之前承蒙關照，謝謝。」這樣，然後我就打算走了。這時那位總編問我，「保奈美啊，妳今年幾歲？」這沒什麼不能答啊，年紀有什麼不能說的，於是我就告訴他啦，超過三十五囉，現在正忙著養小孩呢。他聽了便說：「噢，那剛好，這年紀適合來上我們雜誌。下次找妳哦」。嗄——！什麼？↓這裡，拜託，就照這樣讀。也就是說，無言耶，或說問號耶～。

的確，那時候他的雜誌主打三十幾、四十幾歲穿著打扮時尚、有一份自己工作的母親，非常受到歡迎。所以他的意思是，像妳這種趁著照顧小孩空檔跑出來看漂亮衣服的傢伙，我可以讓妳來上我們雜誌噢。是這樣嗎？真是太令人感激的邀約了耶，我有拜託你給我工作嗎？

現在回想，其實他那時候應該一點也沒有惡意。可是那句話，對於一個被遠遠拋棄在時尚潮流後頭，連怎麼化妝都忘了的長期睡眠不足的女人來說，已夠造成打擊了。哼～，就算你來求我去上你們雜誌，我也不會去啦！

就這樣，我就一個人對那家雜誌抱持著偏見，而那家雜誌也的確有來找過我。去年為止我都馬上拒絕，但現在我稍微成熟一點了，我想到，對噢，他們總編，不是很早之前就換人了嗎，而且現在這位女總編在報章上也發表了一些很勇敢的言論，我看到的時候還覺得滿欣賞的。於是我說請讓我稍微考慮一下，沒想到他們居然送來了一份非常扎實、非常棒的企劃書。讓人覺得，能夠提出這種提案的人才應該可以信任的一份企劃書。

採訪當天，也的確表現的非常優秀。來的工作人員都非常細心，整個拍攝過程順利得令人很驚喜，現在我非常期待呈現出來的頁面不曉得會是什麼風格噢。之前真不好意思，居然連試也沒試就撇過了頭。這樣下去啊，我真的會一不小心就腦袋跟心靈都變得愈來愈僵化，把自己的世界愈走愈小。要睜開眼睛，用心的瞧。聞聞看、摸摸看，有什麼疑問就問。仔細聆聽對方的話。重要的是溝通。把自己關起來的話，進化就停止了。

我感覺自己現在好像掌握住了什麼小小的種籽，可能是蒲公英，也可能是猢猻木。

哪個都好，畢竟是春天哪。

那一天的野餐

突然想起，這幾年好像都沒有好好賞櫻噢？一大群人準備好一大堆吃的喝的，聚集到櫻花樹下的那種。藉口說沒時間、說人太多，只在車裡經過時看個幾眼，或是出外購物時買杯咖啡，坐在公園長椅上欣賞那櫻色。所以都這樣了，還要我們儘量別出門賞櫻、別群聚作樂，以我們日本人的天性來說，實在很想反駁「可是我們就是需要賞櫻啊！」話說回來，為什麼賞櫻時大家都用那種藍色的塑膠墊哪？那強烈突兀的藍，什麼味道都沒有，只會破壞大自然的花朵、枝幹跟天空的美色。日本明明就有席子這種很棒的東西，大家多多使用嘛。

然後我就想起了我至今為止看過的最棒一場野餐了，亞絲翠里德的野餐。

亞絲翠里德是我女兒幼稚園同學艾瑪的媽媽，做事非常合理又認真，感覺上就是很德國人的那種女性。總是很沈穩，從來不會大聲說話的素食者。不化妝、金髮，穿著看起來樸素，其實非常高雅。有一次我去她家玩時很驚訝，那是個以白色木製品、不銹鋼與白布統一風格的屋子。兒童房，沒有其他顏色！連幼稚園小孩子的寢具都是純白的，玩具則是木製品。艾瑪的衣服不是白的，就是帶點米黃的布料原色，再不然就是藍色。偶爾會有淡粉紅。艾瑪的祖母從德國來玩時，還很遺憾的說她很想買上頭有迪士尼圖案的東西，但是媳婦無論如何就是絕對不准。其實是個很嚴格、充滿了信念與美感的人。

這樣的亞絲翠里德有一次通知我，說要在新宿御苑幫艾瑪辦生日會。噢喔，野餐耶，要帶東西過去嘛。不用不用，吃的我們全都會準備，所以妳什麼都不用帶。她這麼說。我說，那我帶飲料過去好了，什麼比較好？麥茶、果汁，還是什麼？不用啦不用，妳真的人來就好。

接著就到了當天了。一到了遼闊的新宿御苑，馬上就不花力氣找到了亞絲翠里德一家人。因為他們在草皮上攤開了一看就好舒服的用了很久的棉質地墊。藍色塑膠墊，真的沒可能啦。午餐是豐盛的水果、起司跟堅果、沙拉與天然酵母麵包，裝在水壺裡帶來的咖啡跟裝在玻璃瓶裡帶來的果汁與礦泉水。盤子是陶製品，餐具也是她家裡用的不銹鋼餐具。就連杯子，也是不容易摔破的厚玻璃杯。總之就是不想用任何塑膠產品。寶特瓶裝麥茶，那更是不可能了。她不是跟我客氣，她是有技巧的間接回絕了我。

那天我們全部大人加上小孩，差不多二十人份的餐點，全是「我跟我老公從停車場一趟趟搬來的」——笑著這麼說的妻子，「因為她想這樣啊」——笑著配合的先生（這又是一個帥得可以去當HUGO BOSS代言人的帥哥）。那天的野餐，美得宛如電影場景中一個美好的時刻，感覺好像新宿都變成了北歐了。我跟她已經好多好多年沒有見面，但偶爾我會想起亞絲翠里德的美感與堅持。明年要是有機會去賞櫻，我看我也來稍微見賢思齊一下好了。

最後一個便當日

那原本應該是感傷的，充滿了儀式感的一天。最後一個帶便當的日子。十九年來的大團圓。結果那傢伙忽然毫無聲息的悄悄接近，啵的來了一個海豚踢，踢走了後頭所有一切。在誰也都還沒有注意到的時候，就已經遠颺到了銀河的彼方。忽然有一天，我一留神，咦，便當？結束了嗎？

回想起來，十九年前，開始把才兩歲的長女送去附近托兒所每週上幾天半天課，那時會讓她帶著小小的好像小番茄一樣的迷你飯糰去。接著是幼稚園、國小、國中跟高中，一直為我家那三姐妹做便當。除了去外地拍片的時候，我都做了便當。睡過頭沒做的大概只有一次。去超市時，會連三天份的便當菜都想好、買好回來。

雖然說喜歡做菜，但是每天早上都要做三個便當也實在是讓人想逃，可是我還是持續了下來。之所以能持續，大概是因為我想要管理女兒們的飲食這種自我滿足的心態吧。就像是要抓住一個男人的心，就要先抓住他的胃那樣的心理。我想掌控自己女兒們的胃。她們的身體，連每一個細胞，都是從我所做的東西上生長出來的。充滿了支配欲的喜悅，母親的醍醐味？

所以她們差不多升上國中，開始會跟朋友去外面吃速食的時候，我心底湧起了幾分不安。啊——，開始會吃些我不知道的東西了，這幾個孩子的指甲、頭髮，都已經不再是由我所提供的食物組成出來的了，而當我不用再做便當的那天到來時，女兒們的飲食生活已經完全脫離了我的掌控的時候，就是該放手的時刻了吧。那時候，我會接受嗎，還是會抵抗？

要做的便當開始減少一個、減少兩個，來到了最後一年。噢，對了，紀念一下好了，我開始每天早上拍下自己為女兒做的便當。這件事，我在一場《婦人公論》舉辦的對談會上也跟作家林真理子女士提過。真理子小姐的女兒好像把最後一個便當拍照留念，傳了簡訊、附上照片跟媽媽說了謝謝。我是不期待我家小女兒會這麼貼心啦，不過很期待最後一個便當我要做些什麼。會故意做個讓她看了發笑的便當嗎？還是讓她看了不由然已經開始眷念的便當？或者根本什麼也不特別做，就這麼平淡的過去？然後跟自己說聲辛苦了。我就只是想這樣而已。

三月初學校放假，接著直接進入春假。到了四月，新學期也一直沒開始，五月來了，通知說一整個月都遠端上課。

我女兒學校的學期跟其他學校稍微有點不一樣，五月的最後一個禮拜才是畢業典禮[22]。所以說……？

啊啊啊，結束了，便當。我看了一下自己用手機拍的照片，最後一次做便當是在二月二十五日，照燒雞便當。這竟然就是這十九年來的結尾嗎？完全沒料到啊！這個寒冷的清晨，連捨不得放手，不要啊！我還不想放手啊的掙扎都還來不及。無法執迷、無法耽溺在傷感情緒中。打開廚房的櫃子，只能看著並放的便當盒無所適從。

22. 日本一般為四月。

遺失物

終於弄丟了。什麼？閱讀用的眼鏡哪。哎，算了，都這種時候了裝酷也沒用，唉，對啦對啦，就是老花眼鏡啦。

三支眼鏡裡（所以就是老花眼鏡咩！）最輕、盒子最薄的那隻是外出使用，另一支在百圓商店買的，就算被壓壞了、泡水了，也不心疼的放在床邊跟泡澡時用，還有一支風格看起來好像有點學識味的放在客廳的電腦旁。就是那支黑邊的看起來好像有點學問的那支，不見了啊！明明格紋的眼鏡盒還擺在那裡。眼鏡

（好啦好啦，就是老花眼鏡啦）這種東西很容易搞丟，請多小心喔——明明人家還那樣叮嚀我。

這四十幾年來，我一直過著與眼鏡無緣的人生，視力一直保持在一點五到二點零的優秀成績，幾乎可以說有點遠視了。總之就是什麼東西都看得很清楚。年輕時候沒戴眼鏡，看報的時候兩隻手往前伸得老遠的，還被取笑說妳那是老花眼的姿勢吧？我媽跟我妹都是老資歷的近視一族，幾乎沒辦法想像她們不戴眼鏡的樣子。我還慶幸說耶～，幸好我沒遺傳到這點，隨時要帶著一樣器物才有辦法生活的日子也未免太不方便了吧。我有個朋友出國時，行李箱沒跟著一起到，過了好幾天沒隱形眼鏡戴的悲慘生活，真是聽了都替對方覺得好慘。

可是老花眼對誰都是不留情的。甚至可以說，原本視力愈好的人，這無法無天的傢伙更是喜歡迅猛的找上你。某一天，我忽然開始看不清楚藥品跟調味料背面的說明了，一開始還不曉得是怎麼回事，接著開始看不清洗髮精背後那些優秀的效能了。這到底是清爽型，還是滋潤型哪？沒辦法在燭光下讀菜單了。沒辦法站在書局隨便看書了。最關鍵性的一次，是去原宿那些年輕的時尚專櫃時發生的。我一個學生時代的朋友說「妳一定覺得那些東西怎麼可能會適合我們對不對？但我告訴妳啊，還真的很多模仿一流精品的東西做得又好又便宜。夏天穿一整季，穿壞了也無所謂的涼鞋，完全做得很好」。所以我就去探險啦。的確擺了好多巧妙揉入了最新潮流元素，而且看起來也不會太廉價的服飾鞋子，店內小姐也都好年輕又很親切，購物起來很愉快。有什麼想試穿的都可以試穿喔——她們這樣跟我說，所以我就看了一眼拿在手上的商品標籤，結果就這麼一刻，就被打倒了。看不清楚……。尺寸。材料。還有，價錢。我感覺好像被指責說妳沒資格買這種店裡面的東西啦，只好垂頭喪氣走出了那家店。回程時心想，買支老花眼鏡吧。

像我這樣正面思考，什麼事情都覺得一定有它意義的人來講，我覺得老花眼這件事，也肯定是人類必要的一項功能。就是說，看不見的東西，你就不要看就好了。有了一點年紀了，萬萬不能再被一些小事給絆住。要從容的、開闊的視野。用寬容的心，去看待萬事萬物吧。要是用放大鏡看清楚所有的細紋斑點，那還怎麼活啊？

對了對了，隔天我找到那支學識味濃厚的老花眼鏡了，就在我電腦的後面。沒錯沒錯，老花眼鏡這種東西就是會這樣嘛，對不對～？

華麗的餐桌

結果到頭來，除了吃之外，沒什麼其他樂趣。如果只能待在家裡，什麼地方也不能去的話，有些人可能會開始斷捨離，看看書、一口氣追完全部的《星際大戰》、種花蒔草或是熱衷於健身的大哥大姊們想必也有，但是在我家，到頭來，大家除了吃之外沒什麼共同的興趣。若只想維持生命，健健康康填飽肚子，吃納豆配飯就可以了，但就是啊，「啊！想吃這個～，啊！想吃那個～」，一天到晚都渴望美味與變化。罪孽深重者，汝之名為舌頭也。其他生物一定不會有這種問題吧。人哪人，真是如何奢侈、如何之貪欲。

我家的情況是女兒們因為大學停課，時隔了幾個月，又跑回家來，在她們的要求下開始了這一切繁華。想吃家裡的咖哩飯、想吃炸的、想吃餃子、焗烤通心麵、田樂味噌茄子、手捲壽司。一些常吃的都吃完了一遍後，接下來就是世界美食之旅了。一開始不曉得為什麼，以墨西哥揭開了序幕，煮了碎肉跟豆子，用酪梨做了莎莎醬，用玉米粉好好烤了墨西哥薄餅。來做公雞嘴醬吧！不曉得誰開始切起了番茄跟洋蔥。唷，什麼時候學會了媽媽不曉得的菜色啊？這該不會也是該放手的一個象徵吧？唔，就這樣稍微沈溺在感傷中一下下。

炒河粉、生春捲、海南雞飯的東南亞大會也辦了，希臘料理也挑戰了。用鷹嘴豆做了鷹嘴豆泥、炸鷹嘴豆餅跟哈嚕米起司……，哎呀，炸鷹嘴豆餅是以色列料理噢，好吧，所以是中東混合了地中海之夜。手工義大利麵與買到的便宜生火腿片，弄了個義大利晚餐。也做了羊肉腸庫斯庫斯（couscous royal）這道北非料理，至於牧羊人派，那是英國菜囉。

環遊了世界一圈後，說真的，有點吃到累了，今天來個清爽的烏龍麵吧。話剛說完，喜滋滋的說那用蘿蔔，還是南瓜炸點天婦羅加料吧？有蝦子，剛好還可以弄個炸什錦啊～。真是的，對飲食毫不厭倦的探求。也有的日子，是某週一次的清冰箱日，把各種都只剩一點點的食材拿來瞎做。烤烏龍麵搭配法式涼拌胡蘿蔔、微醃小黃瓜配上麻婆冬粉、檸檬雞這樣奇怪的餐盤並排在了桌上，唔好吧，就當作是走居酒屋路線吧。

十年多前，曾經嘗試過差不多只有一個月就放棄了的長壽飲食料理，實在太花時間了。光是必須完整使用蔬菜這件事，就得仔仔細細的把莖葉之間，還有根部洗乾淨，豆子也必須從一開始就自己煮。一整天大半時間，都耗費在了準備食物上，實在太令人撐不下去了，只好放棄。但是現在這樣，不就又回到了那種成天都在煮飯的狀態了嗎？一整天就為了「今天晚上要吃什麼」而團團轉。決定菜色、出門採買三天份的食材，感覺好像一整天腦袋裡頭都淨想著吃飯的事。

忽然間，被拋進了一個非日常狀態裡，我們現在的飲食生活完全是在一種狂歡派對的狀態。但是狂歡過久了，總會疲憊，平淡總會在某刻前來。光是想像現在的這種狀態要變成尋常的日常，就讓人覺得有點恐怖。不過當平淡到來的那時刻，我們又會怎麼樣去面對那安靜了下來的餐桌呢？有辦法誠實的品嚐與體會那淡泊的新日常嗎？

寫於書末

一九七三年十月，第四次以阿戰爭造成石油危機，對日本經濟帶來了嚴重打擊，結束了經濟高度成長期。當時才國小一年級的我，根本無從得知這大人世界的話題，只記得大家都在喊衛生紙沒有了，還有好像在電視新聞上看過大嬸們在超商裡搶購衛生紙的畫面。一個小一的孩子，怎麼可能會知道「買不到衛生紙」的嚴重性呢，那些都是大人們在吵的。對於自己的影響，只記得因為紙張不足，學校裡寫作文用的稿紙不夠了而已。

每個星期一的第一節課，是作文課，我記得主題不限，我每個星期都寫週末時候發生的事。按照時間順序，跟誰誰誰去了哪裡、做了什麼、吃了什麼東西、發生了些什麼意外狀況、怎麼樣回到家。跟阿公一起騎腳踏車去了六鄉的河堤，跟我爸爸去羽田機場眺望台看飛機，喝了奶油蘇打、全家去動物園，看到了大象、獅子跟長頸鹿，然後回家。在車站大樓吃了味噌奶油玉米口味的札幌拉麵、在不二家吃了巧克力聖代。跟我妹吵架，被我媽媽罵哭了。而且聽說我最後一定是以「回家後晚餐吃了什麼什麼，然後去睡覺」這樣作結。根據我媽的說法，我們班導師還說「看了鈴木同學的作文，對我菜色參考很有幫助」。

而且我筆一拿起來，就停不下來了。一開始想，就會想到更多想寫的細節嘛。我也不是很想跟老師或同學說自己做了什麼，其實我感覺比較像是在寫自己的備忘錄一樣。作文時間，我就是一直寫。寫呀寫，才不理會那些故意說什麼寫作文好無聊的男生呢。五張、八張、十張……。

外頭世界紙張嚴重不足呢。「鈴木同學很喜歡寫作文很好，不過稍微有點過度使用稿紙的傾向……」，聽說班導好像半開玩笑的這樣跟我媽講過（唔，不過是我媽嘛，很可能又誇大了）。是說導師即使在那樣紙張不足的情況下，還是不限制我，隨便我寫，沒限制我說今天只能寫三張就好喔。不誇張，托這位老師的福，今天才有這本《獅子座、A型、丙午》。老師，謝謝您。

付梓之前，我又再讀了一遍。一開始寫得綁手綁腳的，太過在意起承轉合，還很裝模作樣。哎呀，真丟臉。不過愈寫愈習慣，開始覺得管他的！沒有什麼高潮迭起有什麼所謂～！開始想寫什麼就寫什麼。於是寫得半是瞋怒，半是有點丟臉的樣子了。書寫，讓我得以整理自己情緒的波瀾，已經成為了我的精神安定劑。將模糊的意象化為具體文章的這項作業，在我讀劇本，抽取出內容精華，想著該怎麼樣在一個場景中表現出什麼的時候，得以用具體的語言去輔佐確認，帶給了我很大的幫助。每兩週寫一篇一千字稿子的這件事，對我來講已經是一項不可或缺的維修作業了。

請讓我藉這個篇幅，來感謝覺得我的文章很有趣，問我要不要連載的《婦人公論》編輯部小林裕子小姐，以及總是把插圖畫得令我覺得簡直是跟我心靈相通的山本祐布子小姐。這份連載，根本就是我們三個人一起創作出來的。另外也要感謝提供了我各種寫作題材的親朋好友，文章裡頭多少有點轉化，請別介意。更要感謝各位讀者朋友讀到這裡，感謝您們。女明星的生活就是這樣啊，咦，只有我而已嗎？

鈴木保奈美

二〇二〇年十月

獅子座、A型、丙午

鈴木保奈美的首本散文集

作　者—鈴木保奈美
譯　者—蘇文淑
編　輯—黃煜智
行銷企劃—林昱豪
校　對—魏秋綢
封面設計—朱疋
內頁排版—綠貝殼資訊有限公司

副總編輯—羅珊珊
總 編 輯—胡金倫
董 事 長—趙政岷
出 版 者—時報文化出版企業股份有限公司
108019 台北市和平西路三段二四〇號四樓
發行專線—(〇二)二三〇六六八四二
讀者服務專線—〇八〇〇二三一七〇五、(〇二)二三〇四七一〇三
讀者服務傳真—(〇二)二三〇四六八五八
郵撥—一九三四四七二四時報文化出版公司
信箱—10899 臺北華江橋郵局第九九號信箱

時報悅讀網—www.readingtimes.com.tw
電子郵件信箱—ctliving@readingtimes.com.tw
思潮線臉書—https://www.facebook.com/trendage
法律顧問—理律法律事務所　陳長文律師、李念祖律師
印　刷—勁達印刷有限公司
初版一刷—二〇二四年二月二日
初版二刷—二〇二四年三月二十六日
定　價—新台幣四五〇元

時報文化出版公司成立於一九七五年，
並於一九九九年股票上櫃公開發行，於二〇〇八年脫離中時集團非屬旺中，

獅子座、A 型、丙午 /鈴木保奈美著；蘇文淑譯 .
-- 初版 . -- 臺北市：時報文化出版企業股份有限公司，
2024.01
312 面；12.8×18.8 公分

ISBN 978-626-374-776-0(平裝)

861.6　　112021590

ISBN 978-626-374-776-0
Printed in Taiwan